㊎解禁随筆集

笠野頼子

鳥影社

緊急出版ご挨拶、「座して亡国を待つわけにはいかない（引用）っていうか」

二〇二三年十二月五日、ＫＡＤＯＫＡＷＡ学芸ノンフィクション編集部は、……。

ユダヤ系の勇気ある書き手、生来女性のアビゲイル・シュライアー氏御作、『あの子もトランスジェンダーになった　ＳＮＳで伝染する性転換ブームの悲劇』の出版を取り止めにした。なんつか、ああ、下手打ったね。なんで？　出さないの？　だってやる気あったら別に「出せる」んだよ？

確かにマスコミが黙殺するから、うまく宣伝がかからないとかの、儲け損ないはあるだろうけれど、でも海外ベストセラーだし、ネットはもう知っている。しかもこれ、発売直前です。まっっったく不思議でならない。「出せる」ったら、出せ、出すとき、出せば？

なんなら部数へらして定価上げてみれば？　それでもこの客筋は買う人ばかりだよ？　そもそも、……。

私とここの版元はこの未成年の悲劇について、既にもう二回報道したわけだ（怒）。これなんてついに三冊目ですよ。なので最初は発禁小説集って銘打っていたけれと、今は解禁随筆集と、書名も、ちょっと緩んでおります。そしてKADOKAWAの不思議な事、なんで私（と鳥影と活動仲間のターフ〈一四四〜一四五頁参照〉さんたち）のように、本が出る直前まで隠せないのか、或いは、「出してしまった」という事になる前に、きちんと準備しておかなかったのか？ていうかそもそもどうしてそういう、出せない本をわざわざ「拵えた」のか？

あと、なんか、題名軽くない？　なんなら「死ぬまで消えない」とか「不可逆の欠損」という題にするとか、厳しい面を出した題名にすれば良いよ？

私、グーグル翻訳でだけどこの作者の方が、何やっているかは知っているつもり。でも今の題名だとただの「トレンド批判」にしか見えないもの。てことで？

例えば既に翻訳済の文章はどうなるのかな？　せめて子会社からでも出せないのかね？　あ、そう言えばここ、確か出版社なのに上場してるよね？

私は株とかお金の事は判ってないけれど、上場だから海外や株主の顔色も見るからっていう事なのかしらん？　まあ笙野頼子が書けなくなった講談社など別に上場はしていないけれど、残念、今の言論状況はあの戦前に戻ってしまったのかも。

というようなこの大政翼賛会において、ていうか、……。

現在よりもっときつかった二〇二二年五月十四日、『笙野頼子発禁小説集』を既に、私は出している。というよりも、ここの版元から出していただけた。その時は表面は元気そうにしていたけど、実は覚悟して出していたはず。でも二〇二四年の今、この件に関し、世界は次第に夜が明けている。

まあ日本の事態はなぜか悪い方向に進んでいるけれど、それでも他国の悲劇から学んだ「この土地」の女性たちは、国政保守と連帯してかなりのくい止めをやってのけた。

その間、夢中でただ後を付いていっただけの私だが、それでも最初の「発禁」の後も結局、……。

二〇二三年四月に『女肉男食　ジェンダーの怖い話』を出し、その後は岩波現代文庫で二冊、旧作を出している。無論どっちも文庫化の時に書き足した自己解説が「ヘイト（男は女ではないという主張）」だと言われて、出すなー、買うなー、と呟かれてたり。まあ確かに妨害の「効果」はあるに違いないよ、でもね、無事に本は「出ている」よ。買って読めるよ。ただ書評等なかなか出ないからね、出した評者（＝勇者）は嫌がらせされていたし今までの私とは違うって事さ。その上今もまだずっと生活は危機だけれど、でも物書きとしてはそして憲法二十一条的には、まったく平気だし名誉なんですね。

最近なんてもう、発禁を解禁にしてやるぜとかそればっかり思っている。でもだからって楽観はしていない。というのも、……。

例の大法廷決定（後述）に加えて、今から広島高裁差戻し決定（後述）が下りるからね。てことは、――今後の展開次第では、日本の言論の自由は完全に死に絶え、物書きが逮捕される時代になってしまうかもしれないわけ（これも後述）。つまり今までずっと訴えてきたように、海外にあるようなヘイトスピーチ解消法の、それもジェンダー保護要件入りのものが出来るかもしれない、そうなったらもう、版元も警察に監視されるわけで。

ただ、それが判っている以上そこから戦える。ていうか今まで随分保守と女とで頑張ってきただろう（後述）。

ねえ、だったらなお、出せる内に出しておく事が筋だろうよ、KADOKAWAさん？　一方、……。

「既に仕上がった本だろー、翻訳も済んでいるね？　ならばそれそのまま貰ってきて某社（特に名は秘す）で売ってくれよー」と言う素人の読者たちがネットにいる。しかし実は、むしろ出来てしまった本をよそから出すのは大変、面倒とかそんなものではない。まず、大手が買うような版権だからきっと高いし、……。

奇特にも、「お、版権代？　クラファンしますよ」って言う人々までいたけど、中にはクラファン禁止の契約もあるしね。もう一回翻訳し直すしかない場合もあるし。

まあどっちにしろ、「出せないんなら最初から手を出すなよはた迷惑な」と、予約出来たって喜んでいた読者たちなどは返金にも怒り狂い、「訴えるで」とまで言っているから。

はい？　ですので？　まあ、私の本は出ますよ。ていうか出して貰います！

いっすか？　こういう本ですーごく早かったのはここなわけですよね。そして岩波も鳥影も叩かれる本を出す以上はまず、社長と話を付ける。それから社内の自分の人脈も押さえてから始めてる。両方の担当者がちゃんとそれやってくれた。つまり覚悟も準備もなければ出ないはずなんで。

そもそもここなんて真先だったから嫌がらせの電話も来た、それでも、「うちは表現の自由で行きますよ」って最初から方針が決まっていた。

これで三冊目、やはりいろいろ警戒していて、今度もぎりぎりまで黙っていました。てことで、まあ未来はどうなるか判らないとはいえ、せめて今だけでも言論の自由、そう、言論の自由、言論の自由がやってまいりました。こうしてまた、……。発禁を解禁にしてお届けいたします。なお、随筆集とあるものの、拙作にあるある、小説と区別の付かない作品も含まれております。

またジェンダー問題と関係ないけれど、その他の言論の自由を求めて戦った作品もここに収録。今後はもう出せないかもしれない全部を載せておきます。

いつもながら、本書、関連部分における、石上卯乃さんの校閲に感謝いたします。

それでは目次に入らせて頂きます（何が発禁から解禁になっているのかも書き添えています）。

解禁随筆集●目次

解禁随筆集

S倉、思考の場所／架空の土地

解禁要素

　さて、まず、文壇が発禁にする事を作者はどうやって解禁にするのだろう、という一例からです。答え、「文壇外からの依頼で書けば良い」という事。これで少しですが、反ジェンダーについて言及出来ました（とりあえず書名）。そもそも私の作家としてのルーツを書いてその延長に今の問題をおけば、それは作品として一貫したものになりますので、自由に書かせてくれた佐倉市教育委員会に感謝します。

　私小説の読者には知っている部分の多い内容ですが、最近増えた反ジェンダー読者のために自己紹介をかねて冒頭に置いてみました。

　Ｓ倉に住んでから二十三年が経った。Ｓ倉はエスクラと読む架空の土地である。そこは小説を書く私の頭の中にあり、私の肉体と一緒に年をとってきた。越して以来、ここを舞台とする小説を私は書いてきた。当地に来てから文庫等含めて三十八冊の本を出したけれど、その大半は過去や現在のＳ倉、さらには近未来のＳ倉が舞台である。

　そんなＳ倉は一見、無個性の郊外である。ところが実は案外に独自な城下町で、……。

　古代から人が住んでいた土地なので貝塚も古墳も多く、神社には日本書紀において若干の修正を施されているかもしれぬ独自の女神がいる。例えば市中で最も愛される代表的な神社にはイザナミの尿から生まれた女神が祭られている。その上現在、沼際に祭られている女神は陰石であって、現代人の感覚からはかけ離れている。――私はこの沼際の女神を、戦争に苦しんだ子沢山な女性の姿にして小説に登場させたり、時には夫と別れた貧乏な老女の姿に化けさせて、近未来に日本から独立して出来た、女人国（当然ＳＦである）に闖入させたりしてみたのだった。それらは石の化身が語る女性の歴史である。とはいえ、……。

実際にお参りしてみるとこの女神様、素朴過ぎて拝む人がびびる石造物である（らしく隠してある）。そもそも性神である以上は無理に現物を見せるとセクハラになる。私も実はちょっと怖くて、結局この石の精を着衣の女の姿に化身させて描くしかなかった。神が語り出す近未来として。

なお、この女人国物語の舞台だけは最初茨城だった。しかしいつしかこれも自然とS倉に移り、シリーズ最近作では現存の国立歴史民俗博物館をそのまま舞台にしている。

いわゆる歴博、その周辺の梅林や坂道、当の建物の間取りや位置もそのままに、ただ二〇六〇年頃の話になっている（歴博が日本から接収され女人国の公的施設と化しているのである）。

その他にも成田で出土したムササビ埴輪を、掌編でたちまち素材にした事がある。飛んでいる恰好がなんとなくパタリロのバンザイぬいぐるみ先生を連想させたので、作中でも先生とお呼びしてみた。このセンセイが自分の保存されている博物館を抜け出し、動物専用の図書館の本を借りにくる話。などと書くと、……。

まるで私が自由奔放なSF小説しか書いていないような印象であるが、けして、そんな事はない。江藤淳氏はNHKの視点・論点において、私を志賀直哉の系統に分類しているし、私を作家にしてくれた師匠はそもそも直哉の弟子で、「白樺派の残党」である。というと？

私の作品の大半がここで起きたもろもろを折り込む身辺雑記ということ。SFだってその身辺雑記の延長線上にある広義の私小説なのであって、……。例えば今発表のあてもなく書いている短編のテーマは犬。ていうか古い狼信仰とS倉の話、ここに住まなければ思いつきもしないもの。

私の小説には現実の身辺雑記で始まり幻想小説になってゆくパターンのも多く、この主人公は当地の犬の精霊の声を聞くことになる。本当の私は小型犬以外は怖いのだけど、犬地帯、古墳地帯のS倉に住めばこそ古代の犬の夢を見る事も出来る。

それは古い地層としての生活の歴史である。その一方に海外との独特な関係性があり、そこがS倉の先進性と言える。——御存知のように、江戸時代蘭学の地であったS倉市は今もオランダと交流があり、その蓄積が今の風景を作っているのであって（後述）。西の長崎、東のS倉、——現在の住民も学問に関心が高く教育費を惜しまない。さて、このような東のS倉において、……。

実は当地に住んで十三年目に、自分は難病だと判明した。症状は若いころから出ていたのに長年判らないまま いきなり悪化した。ところがバス一本の距離に滅多にはないはずの専門病院があり、そこの名医が一発で見抜いてくれた。十万人に数人のこの病のために、東京から通って来る人も多いという。さらに最近、……。

角膜に希少な症状がある私の眼までも、徒歩圏の公立病院で普通に手術出来た。「都心に出て、一定の処置を受けてからそこへ通って、手術するしかない」と言われていたはずが、近くの、眼科で有名な大学病院から来た名医がいて、件の面倒な処置なしで軽くやってくれて、こうなるともう、……。

根が単純な私は「だって東京行かなくてもいいよ、ほら、ここ蘭方医いるもんね」と勝手に言っている（笑われるかもだけど）。インテリが聞いたら苦笑するような素直さでこの地に来た事を良かったと思う。と、ここまで書いてきたが念のために言っておく。

S倉はそのまま佐倉ではない。ただ景色や気温などは大変似ているから、多分、双子の姉妹都市か何か、でも別のところにあって未来を映す街。

それは私の脳内の鏡に映った街、小説の実験室、思考と発見の場。――新世紀以後、大変少ない自分の読者から、ここへ来て書いたものは、「日本の未来を予言していた」などと私は言って貰っていて、それは中央にいては判らない何かである。

引っ越してきたのが二〇〇〇年七月、四十四才の時。気がつけば二十三年目、今六十七歳。それまでは本当に転々としてきた。

生まれたのは四日市、育ったのが伊勢、大学に落ちて名古屋、合格して京都、二十五で最初の文学賞、二十九で上京、八王子に六年、小平に一年、中野に三年くらい？

その後はサンシャインビルの見える雑司が谷墓地側のマンションで一匹の猫と数年間暮らした。このドーラとは中野の上鷺公園で知り合って、放置すれば死ぬと思い連れ帰った。中野ではペット不可の1Kマンションにいたので苦労をさせた。その後、思いがけず芥川賞を受けたので山手線環内、豊島区雑司が谷のペット可に一緒に引っ越した。

雑司が谷はいわゆる文学の聖地で、すぐ側の墓地に漱石や鏡花が眠っていた。部屋は広い目の1DKで出窓二つ、ピンクの絨毯と作り付けのオーブンもあった。でもペット可あるあるでかなり古く、建っているのは地震や火災の怖い狭い底地である。その上、……。

建物の前で騒いで火を焚く人はいるし、深夜に暴走族がマンションのインターホンを鳴らして因縁を付けに来る。前の道にマジ、人糞がやってある。

そんな中、ある深夜いきなり上の階の窓が開いて、ふいに素晴らしいブルースギターが聞こえ、翌朝その部屋の主は引っ越していった。これが「憧れの山手線環内」かと。

だが既に、東京とは何だろうと思うようになっていた。都心は（私にとっては）別に「便利」ではなく、ただ雑司が谷は案外に自然も残っていて、そこが好きだった。でも思えばそれは、結局、「在（＝東京の田舎）」という事で、……。

いつかは出なければと考え始めても、きっかけはなかった。

三十半ばに、『居場所もなかった』という作品を書いている程、私は部屋探しが下手でいつも難儀してきた。なおかつ生家とも縁が薄いし親兄弟ともあまり連絡がない。ていうか、人間全体と話が通じない。どこに住んでも焦ってばかりである。

迷いつつもともかくそのペット可に数年居ついていた。が、ある時、

住まいの真下のゴミ置場で猫団子を作って眠っている飢えた一族——「父と母と叔母と叔父と三人の子供」に縁が出来た。全員が茶虎、まだ若い父猫はたまにいる子育て雄で、ライオンなどだと一切しない育児を自分でする。子猫はこの通称「ボス君」の大きい体でくるまれ、安心して眠る。彼は人間には面従腹背して餌集めを怠らない。子供を勝手に連れて行かれぬよう守っている。一族で助け合い必死で生きていた。汚れて痩せていてもその星の瞳、……。

二十年以上も前の話である。避妊手術も普及前で、文学の聖地は動物虐待の頻発地帯だった。子猫はカラスに食われるかドブの中や墓地の竹藪で死ぬか、増えて殺されるか。

要するに数年の間、何も知らないでそういう環境にずっと住んでいた。

でもこの運命の一家をなんとかしたい。とはいうものの、都会の１ＤＫ、室内には既に元野良で他猫拒否の大切なドーラがいた。まさに嫉妬で体調を崩していた。

子猫や若猫を良い人に貰ってもらった後、千葉に住んでいる先輩作家に教えてもらって、ともかく買えるところに家を買った。家を持つとは思ってもみなかった。

手数料だけをなんとか工面して長いローンを組んだ。バブルが終わりかけで自分のようなものにでも、銀行はお金を貸してくれた。ボス君はギドウという名前に変えた。

内見に行った日は雹が降っていた。驚いたことにそこは「見覚え」があった。少し前、猫で困っていた時、夢に見て良いなあと思った家。その月の方位の吉凶を調べた上、猫民族の大移動、トラックに乗った。車でも電車でもＳ倉は通勤圏内なのだとその時に知った。まあ別に通勤する予定は当時は無かったが、——二〇一一年から五年間、立教大学院の先生になって通った。


当地の住まいや環境については最初からずっと気に入っている。空が澄んでいて星が大きく、わが家の先はすぐ山、夜は深く道路に靄が流れる。雑司が谷にも案外に自然があり、うるさいまでの歴史もあったけれど、それはなんとなく私を拒否していた。一方Ｓ倉は？

故郷の伊勢より緑が濃く、光が強い。長く住んでいても今も新鮮だ。最初の頃、ウグイスはいつまでも鳴いているし、ホトトギスは隣の家の屋根に来て帰らなかった。来た夏に生まれて初めてフクロウの声をきいた。夜明けの庭に鷺が降りて鳴いた。鷹の雛を見た。

廊下程の狭い庭に猫の運動用フェンスを張るとしばらくの間、成田から飛んでくる飛行機のライトを猫達は恐れ、一斉に庭に出るとサイレン鳴きをした。しかしすぐに慣れて、フェンスの中に入ってくる蟬やトカゲを、かまい始めた。

家の窓からは沼が見えて、四月になるとその沼の側には市民の丹精と蘭学の歴史により、千本のチューリップが咲き風車が回った。公園からは桜の花びらが庭まで飛んできた。というと「なんという良いところだろう」で終わる話だけど。

でも実は、……夏暑く、冬寒く、良いはずの春と秋は、昼夜の寒暖の差があまりにもひどい、風が強すぎて虫も多すぎて飛行機がうるさい。「こんな生活をしたかった」はずだけれど、その生活を維持するのがまた疲労困憊の原因でもある。近所にゴキブリの集会所があると聞いたこともある。しかしこれは別に都会化したからではない。山が近いからだ。自然と向かいあう一人住まいである。

伊勢では外に出ているだけで私は叱られた。家族からは何をしても疑われるし噂好きの土地。雑司が谷では墓地のすぐ近くに住んでいたので、蛇や烏、ヒキガエルなどはいたが、ちょっと歩くと直ぐにビルか史跡。眺め渡せるところで次々と生き物や花に会う事はなかった。

そして越した当時はバブル末期、国はまだ明るかった。それは大地震や原発の事故からコロナに至る、日本凋落以前の一場面である。

書いているうちに時代が変わってきた。私は日本の典型としてS倉を書くようにした。

物価や住民の高齢化、自分の衰えを全身で感じる。その推移をまた書く。私というひとりの人間の内面や皮膚に集約させてその時その時を、と言っても時代や流行を書くのではない。震災もコロナもあった事の全部を書く（公園の除染やマスクの不足だのを）。さらにその方法によって、……。

外国語も出来ず、外国に行った事もないけれど、それでも私は大新聞の記者も知らないような海外の事件とシンクロした小説を書く時があった。

そんな私にとって、S倉は観測の場所、思考の場所、つまり、風土、環境、外との交流の集積である。そこにはすべて何かわけがある。ばらばらに見えていても孤立したものはない。経済政策や規制緩和、グローバル化の弊害までつながって見える。

経済が冷え建売の値段が安くなって、むしろ崖の上にまで家が増えるたび、皮肉にも和菓子屋や薬局は消えていった。震災以後は特に、ホトトギスもウグイスも年とともに声が遠くなった。私の耳も遠くなっているのだが別にそれだけではなく、コロナ直前まではもうホトトギスは来ず、ウグイスも減った。年とともに外来の百合や芥子が増えて、店で潰れないのは携帯屋と車関係だけ。好きだった小売店やレストランは大半消えている。そして、私はいつしか杖を突き介護靴を履いていた。皮肉にも、……。

当地にコロナが入ってきた翌年、ウグイスが戻ってきた。最初の頃に聞いた、春琴抄に出てくるような高く大きい声で鳴き終えるウグイス。その一方で、その年はチューリップが刈り取られネットで炎上騒動が起こり、自分はひとり住まいなので突然死への懸念が起きた。ワクチンの副作用で湿疹にも苦しんだ。ていうか、日本中が難病だ、……。

閉店も増え、震災とコロナと自分のリウマチ悪化で、買い物は生協やネットに頼る事が増えた。大きなスーパーの流通さえ昔のようではない。でも最近はコンビニで地場野菜が買える。珍しい野菜も安く売っている。

地方は溶けていき、郊外でさえも子供は減っている。だけどその減っている若い人や子供たちがたまたまなのかもしれないが、案外に年寄りに親切である。同時にまた杖をついていても、二駅なのにバスに乗っていても、六十代で年寄りだなどと言ってはいけないと思う事もある。

さて、最後になるがこのS倉、実は来た当座少し後悔した事がある。意地悪な人に出くわしたり、女ひとりなので怖い事もあった。でもこの土地に自分で自分をくくりつけて生きていくしかなかった。一度マジ訴訟しようと思った事もあった。家を売るよりはましだと思って。

ただそれらは気が付いたら越えられていた。――どんな所だって住み始めは何かある。土地勘がないと、慣れていないと嫌な目には会う。でも鬼門を避けた後は宝探しの街。そう言えば東京でも嫌な人はいたとふと気付いた。自分の問題は歳月が解決して、一方……。

この二十三年、新世紀資本主義は暴走し続け、その搾取の対象は人間の労働力だけではなく、身体や生殖能力にまで及んできた。例えば代理母産業、売春合法化、その他にも、恐ろしい、

——それは歴史をなぎたおし国境を越え、地方を襲ってくる。で？

私の最新作がとうとう国内外の不条理な事実ばかりを集めた実録になった。それは同時にまた、極限的な私小説でもある。複数の国会議員が読んで注目し、感想をくれた。そこには一見、S倉についてては書かれていない。しかしS倉を舞台に「予言」した事の幾つかが、国内外の現実のニュースになって書かれているという本になった（『女肉男食　ジェンダーの怖い話』鳥影社）。

藤枝静男論　会いに来てくれた

解禁要素

反ジェンダー成分＝文学における主語と身体の反ジェンダー性。

他誌では絶対書けない、文学賞の選考経過（止せばいいのに、落ちたやつが勝手に書いています）。

「群像」で「書けなくなった」という事実も、冒頭でさり気なく書いています。

いつもすべて書かせてくれる「季刊文科」さんに感謝します。

雑誌発表後、眼科医でもある作中のお嬢さんからお手紙をいただき、医学用語や診察方法等を加筆、訂正いたしました。ここに感謝します。

二〇一九年、今はもう書く機会もなくなった「群像」で、私は師匠について連載し書いていた。その連載は『会いに行って――静流藤娘紀行』という名で二〇二〇年に刊行した。二〇二一年、この本は読売文学賞の候補になり落選した。で、選考「経過」を、――大昔の担当からの連絡でかなり後に知った。二〇二二年の初夏『発禁小説集』のお礼の手紙の中。

とはいうものの、その葉書によればということだけなので、「それは違う」と言われてしまうかもしれないわけだが、――ともかくも複数の選考委員が推し、ひとり強く反対する人がいて落ちたと（葉書には）あった。確か受賞作なし（これははっきりとは確認していない）、ｚｏｏｍ入りのコロナ下選考。しかも、――この賞は元々多人数で多ジャンルを次々と選考し決めていくため、おそらくいちいち争う時間はなかったと思える。

ていうか、一方からのみそういう話が零れてきただけだから、本当は結果しか言えないわけで。

そもそも事情を知った頃には大分経っていた。そこからさらに日を経て、私はふとパソコン部屋の壁に向かって（うちは無線にしていない＝パソコンのある部屋がパソコン部屋）、こう言っていた。「師匠、落ちました」と。しかもなぜか嬉しそうな声で。

そう、壁に向かってふいに、話し掛けていた。というのもその日、なんとなく「師匠に会えそう」な気がしたから。これやっぱり変？ まあ変なんだろうね。だって、「会えない」に決まっているじゃん。相手は壁なんだし。

そもそも我が師匠、藤枝静男さんは既に没後三十年、かつ、生誕百十数年（と書くのは師の誕生日が二つあるから）。

師は私が三十六歳の時に亡くなられた。なので絶対会えないに決まっている。当然、私の得手勝手な報告に彼は返事しない。というわけでまるで西洋の昔話の、母を亡くした娘が魔法のストーブに話しかけるように、私が話しかけているのは目の前の壁。しかもそれは、越えられない壁。つまり、師匠＞＞＞＞越えられない壁＞＞＞＞私、笙野頼子、というような永遠の壁がうちにはあるのである。奇跡の壁ではある。だって、……。

たまにではあるけれどこの壁に訴えると、奇跡にも師匠の言葉を聞けることがあるからだ。何よりも、この壁の向こうに師匠がいる、と思うだけでほっとするわけだ。

え？ 何か話が見えないって？ オッケー、一ページもしたら、すぐに判るから。と言っておいてこのまま、話し続けます。

さて、もし仮に私のこの唐突な話し掛けに、万が一でもこの壁の向こうにいる師匠が、「答えてくれる」としたら、何とおっしゃる藤枝さん、と私は時に想像してみる、と？

これ、うまく浮かんできた時は師匠に「会えている」（と思うことにしている）。所詮ひとつの脳内対話に過ぎなくはあるけれど。いや、でもその根拠はある。そのリアリティの居場所、それは四十二年前の、一時間にも足りぬ、古い、短い時間。

一九八一年、第二十四回群像新人賞の授賞式の日、小説は私、評論は小林広一さんの「斎藤緑雨論」、その会場がどこだったかを私はもう覚えていない。なのに校閲に言われて落選作の中には、新橋第一ホテルのロビーと書いておいた。つまり場所に関しては私は忘れがち。例えば現在引っ越し後二十三年目の我が家に帰るのも、たまに迷う。でも、そんな私でも彼の声や何かはよく覚えている。昔、それは四十二年も前。

たった一度だけ実際に師匠に会った時間、三十分くらいかな、同じ空間にいて、師匠はまだ生きていて、白髪の優しそうなお医者さんで（診察は約十年前にやめてはいたけれど）志賀直哉のような感じの人？　「群像」ではオーケンより大切な人物？　『悲しいだけ』でこの二年前に野間文芸賞受賞の七十三歳、まだ元気だった私の母方の祖母と、ほぼ同年であるとも調べてあった（当時ネットなど一般にはなかった）。この祖母は中年の三女で梅干しが好き、癇癪持ちだった。で、師匠は？

その会っているたった三十分程の間に彼は二回、カッとした。その他の表情は、優しい中にふと、おっとりと憮然としてしまうモードも混じるが、概ねは穏やかで周囲にも気を遣って、ぼそぼそおとなしそうに話す方であった。なおかつ全体には呆然とした感じもあった。思えば、彼は方向音痴で、その日も浜松から上京してここまで来るのに、新幹線のホームで待っていてもらいながら、その待ち合わせの場所さえ間違えたのだ。

さて師匠、その師匠の作品の多くに言及して、一度しか会っていないのに平気の弟子気取りで本を出してしまった私からふいに、「落ちました、師匠」なんて嬉しそうに言われたらどう答えますか？

壁の向こうにあの時と同じように、杖をついて座っている、脳内の師匠？

ところで私、気がつくと現在、杖を突いて座るときは（私のは悪性リウマチだけど）あの時の師匠の姿勢をいつの間にか真似しているんですよ（お、ここで師匠の昔見た顔付きがふっと浮かんできた。例えばほら、何も黄色くなっていない真っ白の白髪とか）。で、さて、ここからは発語出来ますか、師匠？

するとは師匠、例のおっとり憮然の顔で、ぼーっとした黒目、優しい語り出しで、あっ、でも、……。

「いや、失礼だが」、えっ、そんな、……まず、「いや」からですか、いくら口癖とはいえ、抵抗の「いや」、ですか？　というのもこれ近代的自我或いは国家対抗的自我の象徴。いつも、……。

師匠は小川国夫さんの家の玄関に立つとまず「いや」と言ってから（これを、医者モードを解いて、近代的自我を剝き出しにする合図と私は解釈している）家に上がっていたと小川さんの『藤枝静男と私』にはあって、じゃあ、すると、今から結局私は叱られるのですか？「いや（引用）」、多分これは突き放し。

え、「いや」？「僕は読後、作者は気でも狂ったかと思った」って、がーん、でも、……。「いや（引用）」、そんなことはない、と一人芝居でまた必死で打ち消す私。あの時の記憶に全力でしがみついて。だって私は特に裏師匠とか黒い師匠を体験していないから（そして？　ふんっ、そおんなものはっ、ないっ！）。いつだって染みのないあの印象だけで。

ただそういえば、私小説の中での師匠は、カフェでろくに口をきいた事もない、だけど好きなタイプの「メッチェン」にいきなり、――「君に結婚を申し込む気はない」と勝手にきついことを言っていたのではないか？　言うまでもなく、これ別に「君とは遊びだけだから」とかそういう当時の男性らしい勝手宣言ではない。なので、……。

この落選作なんかにもし、そういう作中のきつい方のモードで来たら（わあああ）、怖い。それとも、或いは、……「いや、こんな得手勝手な恋文みたいなもの読まされても」って声も冷静にぼそぼそと言うのかも。え、そう思う根拠？　何か、作中以外にはって？

それはあの時、師匠は某女性作家の短編を「いや、だって、あんな綴り方みたいなもの読まされてもさ」とぼそぼそとすごくおとなしそうに言っていたから。ただ多分、面と向かっての目下にはそういう事は言わない（はず）。もし何かきつい事が言いたかったとしたら、彼はおっとりして、憮然として、その上で我慢する（医者モードでスルーする）。でも逆に、いわゆる手放しで面とむかって褒める事もしない。思えば、……。

師匠の登場、それは当日、私がすべて面食らいつつ、いろんな人から名刺貰いながら、すごくやりにくい感じの、ひとりの変な頑な女性として、ぎくぎくぎくぎく、ひどいお辞儀をしている最中だった。彼は、なかなか来なかった。実はその間、――師匠はずっと迷子になっていて、待っている人々は困っていたのだった。なのであの時、藤枝さんが、と言われてたちまち、みんなも私も一斉に首を伸ばし、座っていた人々もロビーのソファーから立ってお辞儀をした。既に、……。

編集者達は何度もあちこちへ電話したり、別の人が約束の場所に出掛けてみようなどとしていたのだ。でも、やっと現れた。

当然の事、私はまだ紹介して貰っていなかったし、お礼も挨拶も何もしてなかった。さて、座ってすぐ、私に横顔を見せたままの師匠はある編集者に……。

「いや、だって他にないからね」とか、別の人にも「他にないんだもの」って割りと機嫌良く言い始めた。しかし私には直接は言わない。

でもその後すぐに紹介して貰えて最初に聞いた言葉、「いろいろ欠点も言ったけれど、まだ若いんだから」、と、……。

その時、なんか油断して私はふつつかな応答をした。そこで師匠は私の発言にカッとしたわけだ。つまり私は師匠に人生初「カッとされた」。でも私がびびるや否や彼はすぐ優しくなっていた。

それは受賞式会場に向かうまでの少しの時間、まさかあの時の事を自分がそんなに覚えているようになるなんて、当時は何も感じないし、怖いもの知らずで言いっぱなしだった。その後、短い間にも師匠はいろいろな、例えば埴谷雄高さんの奥さんのお葬式の話や、その時の帰り道での平野謙さんの奥さんの行いの話、その他をしていて、その中でまた、「いや、僕はいいけどさ、婿に悪くて」とお嬢さんの配偶者（姓は変えてないけれど師匠の病院を継いでくれた、師匠も実質養子さんだからお互いに結構気を遣うはず）、について心配したりしていて。

「じゃ、（会場に）行きますか」と言われたとき、師匠はもう誰かに案内されていた。

そのパーティには村上龍、中沢けい、村上春樹が来ていた。長谷川卓も。高橋三千綱は来ると言っていて来てなかった。下読みから私を発見してくれた勝又浩さんと会って話せた。

私の作品を一番推してくれた、そのために議論し、激高し、号泣してくれた師匠は、選考経過の報告にも出てきてくれた。そしてマイクに向かい「作者がなぜ極楽などという題名を付けたのかまったく判らない」と最後に付け加えた、えっ！

師匠は確か、主要文芸誌の選考を四年間くらいしかしていないと思う。なのでその時、そこにいてくれたのがまさに会えたという事であった。「他の作品で次の応募」という新人では、私はなかった。

……二時間ほどでパーティ＝初文壇も終わり、二次会に向かう前、最後にまた引き合わせて貰って聞いた言葉は、「ああ、君だったか」である。

二度めに会う機会は結局無かった。

二次会は「なつめ」（耳で聞いただけで看板の字を見ていない。多分有名なところ）というところで月村敏行さんが小林広一さんと握手して帰っていった。三次会では当時二十一歳の富岡幸一郎さんが講談社の紙袋を欲しいといっていた（これは場所違うかも）。小林広一さんが蕗の煮物をひとくち食べてみていた。そこは「どんちっち」？　という店、多分非文壇バー。急にこういうところへ初めて多人数で入っていって、店の人にどんどん相手されているのってなんかすごく有能かもしれない、と私は当時まだ知らない人だった橋中雄二さん（後出、「群像」編集長）についてそう思った。パーティもだけど、夜の酒場、まず行っていない。「なつめ」でも「人間はなぜこういうふうにして集まるのかなあと思いました」と言ったので爆笑された。

　無論それらの言葉は覚えていても全ての位置関係は私の頭からは完全に消えている。なんなら、時系列も、例えば二次会と三次会は逆かもしれないし。まあどっちにしろ、……。

　ね？　あの人は来ないんだ、とだけ思っていた。小川さんと違って夜は家にいるんだろうとか思う程には、私は師匠のことも小川さんの事も知らなかった。師匠、怒っていたな、でも優しかったけど、だけどこのまま縁が切れたのかもと。

　でもまあ、そんなこともなく、その後、編集部経由で「なぜ彼に書かせない、短編を書かせなさい」と言って貰えた。すごくほっとした。そう、私は「彼」だった。あの時の「ああ君だったか」の言葉に無関心さはないという希望が少し湧いた。とはいえそれは若さ故の自意識過剰だね。後々出た結論？「ああ、師匠も私も人の顔覚えられないんだ」、と。でもともかく、選考中、私は初老の男性だと思われていて、多分その後も笙野頼子というのは男なんだと、そこに、戻ってしまったかと当時は、妙に嬉しかった。男と思われた事で私は師匠に安心されていると。

　私のデビュー作『極楽』は実は主人公の娘の視点で、父親である画家＝主人公を批評的見地から描いた作品のつもりだった。作者が横から茶々をいれるための人形のようなものという設定で書いた。なのに、今振り返ってみると、実は結局、彼は私だった。確かに主人公の女性差別的な部分は批評対象のままだけれど、でもその他の大半、自分が一番否定したい存在こそが、苦悶する自分でしかなかったのだ。

　なりきる、乗り移る私の性癖、本来の自分への借り物感が、私自身の批判意識を飲み込んでしまったこの作品を、「真面目な私小説」として、師匠は評価してくれた。なおかつ、若い頃、私には子供の頃から自分が本当は男かもしれないと思ったり、男になりたいと思う傾向があった。男になって書けば変な目で見られない。余計な事も、言われないと。

　師匠には現代医学の「最先端ニュース」を思い出してある治療で女になる事を夢想する短編があった。それは「出てこい」という題名。

　その短編を読んだとき、師匠は私と同じ人だとまた思った。でも決して同じではないのだけれど、たびたび、揺り返しのようにして私は彼に似ている作家と思いたくなった。

　というのも、――自分の肉体が女である事とそれが不本意であるという事、その葛藤の中で、私にとっては、女性作家に押しつけられる期待されるテーマとか文章＝女ジェンダーはどうしても無理だったから。若い頃それは特に辛く、しかし肉体も現実も女である事を否定できなかった。

　それもあってその後も私は小説がうまく行かず、そんな中、師匠は気がつくと長く、入院されていた。

　でもその頃から私は彼に「会う」ようになった。自分から師匠を勝手に理想化して、ずっと彼について考えるというのではなく、自然と向こうから「会いに来てくれた」。

そもそも受賞後すぐ、師匠の影響を受けているけれど師匠には及ばないという葉書が家に来たりした。そこで私はもう二度目に師匠に会った。他人の目から見て、私は彼の作品を知っていて真似したように見えるという事らしかった。その後四十年越えても師匠の読者からは、別に真似をしていてもしていなくても、ずーっと、あれ駄目あれ駄目、まだまだまだ、ほらまた真似しているでも全然、等と主にネットで言われ続けていた。実はまあ自分でも駄目とは思う。青木鐵夫氏の「いろいろ田紳有楽・あれこれ藤枝静男・藤枝静男のこと」から孫引きで引用しておくと、師匠はたった二行の描写を確認するためにヒマラヤへ行っている。

ただそれでも自分が女に生まれたという困難に掛けて私は書いていて、それで一点越えられるかもしれないと微かな希望は今も、持っている。なおかつ、それをやったらラディフェミ系と言われ、師匠の読者とはもう一切、縁の切れる世界になる（と予想している）。

ということで、彼の本は彼に会った直後に読み始めた。小さい書店でもその文庫本は複数置いてあった。十代らしい店員がふじえだ、こーたつと言ってくるので頭に来た。

最初に読んだのが『凶徒津田三蔵』、当時は師匠がこの人を選び書いた理由を自分の中の何か（隠している衝動等）を三蔵に託したかったからではないかと思っていた。しかし今は思わない。ただ、彼の本質にある剛直さが刃物となって、この黒く時代的な人物に向かっていったのだと。で？　乗り移り能力の高いこの作家の雄体は、主には文の世界でだけ許される「ワルになる（引用小川国夫）」権利を求め――、いくらなんでもあんまりにも、自己懲罰的で激烈という本人の意識を全開にし、結果、自分自身のエピソードまでこの凶器持ちの黒い人にぼんぼん投入した。その上であの文の鍛練によって、とんでもない他者と、融合していった。だってそういう筆の力を彼は使えるから。

ていうか「死霊」をわざとボロクソに言う人は一杯いるけれど誰も「田紳有楽」をそうそうボロクソには言えない。はっきり言ってここまでの成り代わり、乗り移り、こんなの素人には手が出ないからね。そして、……。

読んでみると自分は師匠の世界にすぐ入れる人間だと判明した。彼の書く時の呼吸は自分の呼吸のように錯覚出来た。すべて、句読点ひとつでもそこに嫌なものはなかった。その上その後で『田紳有楽』を読み、悪い言葉で言うと私はガンギマリになった。つまり信者であり「私、彼が判るのよ」だとか言う迷惑連。でも当時はドゥルーズなんか読んでなかった。が、今ならこう言って、多分迷惑をかける。――例えば『極楽』の書評を書いてくれた宇野邦一氏によれば、デカルトは「我思う故に我有り」と言ったけれど、ドゥルーズは思う自己とある自己は別々だけど全部自分だと言ったはずなのだ。そして？

師匠は自分に向かって「自分のことをありのままに」、「書け」と教えた目上に対し、「そのころの私には書くべき『自分』などどこにもなかった」と言明した上で、近代的自我を三つに割って三個の茶碗にし、日本の土俗、宗教コードに基づいて空を飛ばせた。それは偽物が本物に成り代わったり、食ったものが食われたものの力を奪う事が出来る、強固な自我ごときではとても生き延びられない世界だった。

そうやって師匠は先入観にとらわれない、自己というものの小説内真実を書いた。ていうか――ともかく当時の私は夢中になっただけだ。だって、似たようなまたは、ややこしい名前の「私」たちは筋道を追うだけでも大変だったから。――近代以前の幻想もドゥルーズ的に分裂した複数の自己も、それを支えているのは彼の、地元を生きて貫徹されるリアリティであり、事実を見続けてその繰り返しに耐えられる集中力だった（その正体は一番最後に書く）。筆は忍者の修行と同じ、いつか奇跡を起こせるものだと、師匠は信じていて、小川さんはそれを否定していた。でも、……。

結局、彼には出来ていたのではないか？　――方向音痴の師匠が、現実世界から風景を持ってきて精密に移植する。すると文字の世界でそれは内面の全てに呼応して正しく配置される。彼は現実世界では迷い人だけど、文章の中に入ると地図職人になる。ブツから言葉への移植ばかりやっている。そこでは、――物は方位になり、描写は番地になる。読者は迷わない。でも結局、そうやって場が意識を象徴し、内面と現実が結びついた世界を作っても、茶碗になった彼は、原発まで行くとなれば結局迷うしかない（この緩急も自在）。

要するに師匠は私と同じなのではなく、私の理想、というだけであった。ただ、最初の頃は自分も、若くて万能感あったから、馬鹿な期待を自分にかけていた。結論？　今になってみると同じと思いたいとか結局はそういう願望だけ。

京都の下宿でも八王子のワンルームでも時々、一年に一、二度は彼の名を呼んで、私は泣いたり喜んだりして暮らしていた。

筆では食べられないし雑誌にはなかなか載らないし、作品はずっと菅野昭正さんが（時には三枝和子さんが）文芸時評で取り上げてくれたけれど、なんと作家論まで出ていても本が出ない。なのに、もう止めようとするとふと、誰かから師匠の名前が出て来て、その度に何度も何度も引き止められ、また助けて貰えた。私はその影響（保護）下に置かれていた。

但し、師匠は男・笙野頼子をずっと庇ってくれたのだ。読者も中年頃からの私を、笙野頼翁、爺として認識している人がいたり。それでも私は困難であった。

つまりは吉田知子さんが、女の作家は私小説を書かせてもらえない、書けるとしたら離婚小説だ、と言ったのと同じ。日本においてラディカルフェミニストが消されてしまうというのとも根本、同じ状況であった。なのに別にラディフェミと何の付き合いもない師匠からの評価が、私を救ってくれた。

なお、このラディフェミの中には女性という実質から、社会が彼女らに押しつけ、期待する虚飾、幻想を取り去った上で、女性の肉体や現実を見ようとする一派があり（但し私にはどのようなラディフェミとでも根本対立するところはいくつもある、というのも私は思想ではなくて文学だから）、私はこの人たちといくつか、通ずるものがある。時に作品は代替品として読まれている。とはいえ、やはり違うものではある。私はなんらかの理由で、脳が女ジェンダー等も含む、あらゆる刷り込みを受けにくい体質になっている。一方彼女らは概ね知的か、辛い体験の持ち主かで、勉強してあるいは差別に遭遇して体験から学び、刷り込みを自分の意志で取り除いていく。つまりこれを取り去ると女は真の、自分の原型を表してくるから私とはそこが相通ずるわけで。

虚飾、幻想の刷り込みを取る行為、それは女性に取って新しい可能性や、歴史的解放への一歩となる。もし……。

仮に女の書く私小説というのが普通になり当然になる時代が来るとするなら、それは女の肉体から逃げず、なおかつ女に押しつけられる虚飾、幻想を排した魂を、絶対に心身を分離させずに書いたものになると思う。ていうか、……。

ここで急に今新世紀の話をするけれど、――この女に押しつけられた虚飾、幻想こそが、今流行している「ジェンダー」の本質である。これらは実はほぼ欺瞞なのだ。またこれを批判出来るジェンダー学者は今ふたりだけで（牟田和恵氏と千田有紀氏）しかもこの批判をしたというので牟田氏は講演を中止にされ千田氏は学会で侮辱されたりひどい目に遭っている。

主に欧米の趨勢としてジェンダーのどのような批判も絶対に許さない勢力が強く、それは例えば「ジェンダーによって自分を女と認識したり女装しさえすればたとえ体は男であってもまさに女なので女湯に入れる」という類の教義を死守している。というのもまず、ジェンダーという言葉は新世紀からことに意味がネジ曲がり、カルト化し、肉体の性別は心の性別の表明によって、性転換手術なしでも戸籍も変えられるなどと主張する根拠と化しているからだ。が、何にしろ男であれ女であれ、真に私小説を書くのなら肉体や現実は無視出来ない。なので新世紀において、……。

別にラディフェミがどうだとか言わなくとも、普通に、昔風に私小説を続けていれば、そこからは昨今の風潮に抵抗する「反時代的毒虫（車谷長吉）」の道を歩くしかない。そもそも、――肉体の性別から目をそむけず正直に書けば、むしろ世間が思う男らしさ女らしさから離れてくるはずなのだ。ただ肉体という医学的真実が剝き出しになるだけで。

というわけで当時、私を人間と認識して読んでくれる人の大半は男性であり、三枝和子さんや女性の理解者は初期においてむしろ例外であった。

師匠が私を男として読んで認めてくれた時から、男性批評家は男性の作品を読むように私の書いたものを読んでくれた。女性差別の入ってくる窓口をまず、師匠の評価が消してくれたからだと、私はずっと思っている。だけではなく、……。

持ち込み即没の困難の中で、新しく原稿を見てくれるようになった根本昌夫さんは、他の編集者がつまらないと言った私の原稿を「藤枝静男氏が推した新人だ、つまらないはずはないだろう」、と元の担当者から件の原稿を奪い取って読んでくれた。

今ラディカルフェミニズムの代替品として読まれる事もある「母の縮小」は彼が「海燕」の新年号に載せてくれたものだ。当時の私は学術フェミニストからは少女趣味と揶揄され、その後は大物フェミニストから「批評空間」における浅田彰・柄谷行人との座談会中に、評判倒れ批判せよと言われている。まとめ？　私を単にフェミニストと呼ぶのは不条理である。

そもそも今や日本のマスコミフェミニストはほぼ全員完全に乗っ取られ状態である。連中は女の敵、なおかつ医学と現実と言語と肉体の抹殺者である。という事はそのまま、ジェンダー主義者、である。で、その手のフェミニズムとは何の関係もないこととして、——私が自分の性別から逃げなくなった時、私の書いたものは女性が人間である事を求める人々に通じやすくなっていった。女の熱心な読者が増えていった。

なお、たまたま（悲しい事だが）師匠が亡くなった頃から急激に私の評価は高くなった。死んでまた師匠が守ってくれているのだとあちこちで言われた。

芥川賞のスピーチで大庭みな子氏が私の紹介をする時、まず「藤枝静男に」見出されと師匠の名を呼んでくれた。一方、その日のパーティーの終わりかけに、河野多恵子氏が私に少し話しかけて離れていく時、「藤枝静男なんか認めたら駄目よ」と大きい声で言って消えていった。


私が（善意の読者から）、「なんで笙野頼子怒ってるの性格悪い」と思われながら怒ったあるフェミニストの笙野本は、私がブスである事をあげつらいながら、それをフェミニズムの問題としてしゃあしゃあとやってのけ、そもそもそこには笙野頼子は女にしか読めない、と弱者の仮面を付けて高圧的に書いていたのだった。『母の発達』はそこにサブカルチャーと並べられて、自己語りフェミニズムの具にされていた。藤枝静男をこの人物は知らないようであった。

既に前世紀から私が予測していたように、新世紀のマスコミ、アカデミックフェミニズムはマジ腐敗し、崩壊している。私には何の関係もない事なので省略する。まあ前世紀から十分怪しいと思ってはいたし。しかし、……。

男に私が読めないというのは一体何事であろう。藤枝静男は男ではないのか。「自分の雄体＝現実から目を背けない私の師匠」が、「自分の女ジェンダーからは逃げても女性身体から逃げられず苦しむ私」を、男だと思って認めてくれたのだ。そもそも師匠の命日は雄老忌である。雄と言ったら雄、男と言ったら男、なお、雄老忌は小川国夫さんの名付けである。

大体、私小説とはまさにジェンダーとセックス（性交という意味ではない、体の性別、医学的な男女の、身体・性別）が違うという前提で書かれるべきものだ。肉体を魂に従属させていては書きえないものだ。その一方でグローバル化は肉体や地方を数字に収奪させて、個々の人間の中にある生命力や文化の本質を枯らしてゆく。海外に通じにくいだけで私小説は消され、通じにくいからこそ貴重なその領土（身体）性は軽んじられてしまう。翻訳しやすいものは海外に売って部数が増やせるからと、グローバル化は文学をも誘惑しにくる。

師匠は、――自分の身体性を客観視して書いていた。

彼は自分のペニスを切って自分の性欲を罰しようとし、自分の痒い睾丸を徹底描写した。買春を修行だと刷り込まれても結局は刷り込まれずに終っていた。家父長として妻を支配する形から書き出しても、彼が男ジェンダーに適応する事は起こり得なかった。リアル、身体、セックス＝身体性別を彼ははずさない。心に性別はないが、人は肉体に縛られる。言語はそこからだ。

私は『会いに行って――静流藤娘紀行』に必死でずーっと書いたけれど、師匠は雄として生まれながら実は男性のひな型を持たなかった人間である。野生の雄っぽい攻撃性や肉体はただただ事実としてそこにあって、むしろそれをコントロールするために生きてきた人だ。肉親の愛情に恵まれていたから、時々自分と他人の境界が緩くなっていた。それでも最初から厳しく期待されて育てられ自分をしばる中で、普通の男性より、おのれの欲望を意識し罰するようになった。幼な心でさえ、官能的なおとなの女性を好きだと思う感情を抑圧され、貧乏で赤面するような環境でも、万引きの心を無くすために父親の血を飲まされ、ダキニ天の呪法をかけられて来た。

こういう育ち方であるからには、師匠は下の、或いは弱い立場の人間には優しく我慢強い。まあ志賀さんとかお兄さんとか上にはわがままだけど、でもそのわがままさも結局は「緩い」からで、つまりは志賀さんのような「開放的で公平（但し天皇は別）な」上目や攻撃性とは違う存在だ。彼は自分の身体をもてあまし文学に憧れて志賀さんのところに行き、志賀さんの意地悪さや甘えに耐え、一番愛されながら彼に学び、彼に呼応するような独特の自我と文章を身に付けていった。さらには初老のうちから老人になろうとして杖をついて「わし」と言ってみた。そのうちに次第に本当に老人になって、老人性皮膚掻痒症に悩まされていた。

妻子に冷たい私小説の型から入ったって、結局はそうは出来なかった。習練と我慢でむしろ、自由になっていった。

そもそも師匠の小説中でいきなりやられるのは教官と上官、それは戦争加担者。師匠はけして闇雲に激烈なわけではない（と、私はこの落選作に事例を示して書いた）。雄だけど男役割の刷り込みは浅い。これ、特に逆張りのつもりはない。彼は、自己嫌悪する自分の雄体から目を背けなかった。

結核の身内を見て現実や身体の重要さをたたき込まれて育ち、父親の悲願として医者になった。それも大学に残れるはずの優秀な医者、死人が出ないからという理由で眼科になっている。＝女性の裸を見ないで済む選択とも言える。

浜松三大名医の後継者として、妻を守り、女の子二人の「教育パパ」になり、自分の家を絶やしてでも病院の家系を継続させた。

戦後の満員電車の中で「主」である妻の鏡台を背負って運び、不倫も再婚もせず、老年になっても既におとなの長女に対してさえ、官能的な八幡像を見せたくないと思う教育パパのままだ。

立原正秋氏の「藤枝静男全集月報」における、師匠温泉混浴長湯事件捏造エッセイは、次号月報において後藤明生氏により訂正された。この流行作家のした事は要するに師匠を普通の男に仕立て上げようとする陰謀であり、書いた月報は、――雄っぽいけれど既に老体、アセクシュアルも同然の師匠に対して、男ジェンダーを押し付けようとした結果の創作である。

多くの男性評論家は師匠の事を、激越、雄っぽい、怖い、猛禽、みたいに言うけれど、それは小川国夫さんが稀に、「ちょっと意地悪（要約のカギカッコ）」と言われているのと近い気がする。それらはひとりの作家の古層または核心であって、普段の表面に出ては来ない何か。時には形骸化して、「構造」に過ぎなくなっている、でもやっぱりそれは本質のひとつなので、いつ暴発するか分からないし、まさに本人をつくっている核と言える。

なおかつそれは私小説の素にすぎない。肉体や親の教育が原因である何か。

とはいえ、基本、その原因に基づきそこから目を背けず、私小説は育つ。

例、性別、肉体、親、子、運命、郷里、妻、夫、結核、難病、災難、貧乏、それらは実体であり、否認出来ない本人の所有物である。そもそも、「私小説」はというより、そんな「私」は国家対抗的な武器であると共に、他者に奪われてはならない私的存在＝現実なのである。なのに、……。


新世紀二十年、私小説がよって立つその私的個別性、私的領土、それを保証する身体と地域が今、根こそぎにされようとしているのだ。「私」を今まで支えてきた、現実、近代、医学、科学、ことにこの関係性や身体の基礎条件とも言える人間の性別を、究極自己認識だけで戸籍ごと変更出来る国がもう世界中にある。直に抵抗しているのはラディカルフェミニストの一派一部と、（多くの女の）民意を受けた保守的な政治家達である。さらに個人だとローマ教皇、Ｊ・Ｋ・ローリング、アリス・ウォーカーも今や「私小説の側」で、国連もとうとう、役員個人ででも勧告で味方してくれるようになった。無論、……。

日本は「先進国」なので今、野党と総理がこの、自己認識性別、ジェンダー主義に倣おうとしている。一方、与党内部、特に自民党の保守派では大反対が起きている。そんな中で司法は不気味にもジェンダーにすりよっている。

だって性転換手術をしないで戸籍を変えられるようにしろ、そうしないと人権侵害になるぞ、という主張の相手をするために、今年九月、最高裁はわざわざ大法廷で弁論を開いている。つまりこのような異様な状況下で、私小説とラディフェミの一点共闘という異様な事態も出現しているのだ。また、マスコミの大半と野党、学術、裁判官の何人かはこの謎人権の味方となっているため、このような事態もろくに報道されないで隠蔽されている。そもそも米帝民主党の駐日大使、経団連、電通、日本財団が主導して遣っているわけで。と言っても、……。

ラディフェミって書いてあるだけでも男性は眠気がさすだろうね。でも考えてみてほしい。例えば、このままだと肉体の性別に基いた描写さえ差別になりかねない。このあたり、マスコミが隠すから誰も知らないし。

ていうか遅くとも二年前から、私はその持っている思想信条（＝男は女ではない、なぜなら肉体が違うからという普通の認識）を理由として、自分のいた世界からキャンセルされている。それはラディカルフェミニストの世界組織ＷＤＩ（ここの出している「女性の権利宣言」は百六十ヵ国の人にサインされている、カントリーコンタクトは五十ヵ国である）が連帯してくれる程の事実である（日本のコンタクトパーソンには私がキャンセルされた証拠も渡してある）。要するに、これから私小説家になる人の場合、既に存在自体を糾弾される立ち位置なのだ。

まあそういうわけで、私は私小説で貧乏話を書けるだけの「窮乏に恵まれている果報者」になった。

但しこの読売文学賞落選においては私小説にありそうな落選の弁の定石を使い、やれば貧乏故に同情されるであろう、賞金不獲得の呪い、悶え、描写をしようと私は思わないわけだ。大半の高齢単身女性と同じように、今はまさにわが身となった、格差社会の細部を書いていようと思う。私はただ新世紀から魔女狩りの時代に戻っていく事を止めたいだけ。どうかこれを女だけの話と思わないでほしい。結局私小説は今そんなところまで来ているという事。土地と私の独自性を守る、大事なジャンル＝領土＝身体＝私、が今、ついに植民地化されようとしているのだ。


ただこんな時代、こんな世相で、師匠は私なんかに名前を呼ばれて迷惑なのではと実はちょっと迷う。私ごときが何か言っただけでひびく人ではないと知っていても。

でも、もし私がずっと我慢して名を呼ばないでいても、師匠は結局どこからか会いに来てくれるから。そしたら、結局、私は名を呼んでしまうから。

彼の肉体はもう、とうの昔に滅んでいるけれど、そう、誰でも、会いたければ作品を読めば良い。あと、私には「特権的に」、向こうにいる師匠とコンタクト出来る魔法のアイテムがあるから。

　で、今ふと壁をみたら……。

　現在の師匠はもう、黙っている。だって彼はだいたい憮然としているから。優しいけど、上に向かってなら、言いたいことは全部言っていた人だけど、余計な事は言わないタイプだから。

　そう、そうですよね、と私はまた壁に向かって、確認をしてみる。でも、なんでいちいち壁に？

　答え、――この越えられない壁の向こうには実際に「師匠が存在すると思えてくる何か」があるのである。そうだ、だいぶん前に書きました。種あかしをするってね。

　それは師匠が書いた一枚の色紙。これを見ると、ほら、彼が手動でこの紙に移植した世界があるって事。オリジナルの文ではなくて漢詩だけど、師匠は訓練として或いは大量の引用として、筆写、引写し、動画そのまま描写等、したりしていた。そして色紙とか描いた絵って、白樺派のデフォルト（骨董も）。連帯や関係性の象徴としての色紙でもある。

　この、「護符」を掛けてある越えられない壁の向こうに師匠はいてくれる。声も姿も、彼が消えている時だってむしろよく判る。

パソコンスタンドの前の床に座ると、丁度、色紙は顔の高さにあり、ｚｏｏｍには白い壁とこの漢詩の額だけが写るようになっている。

色紙と言えば師匠なんて志賀さんの色紙を他の弟子は遠慮して貰わないのに、自分だけ平気で貰っていた。

思えば、最初これをどこに飾っていいのかまったく判らなくて、とはいえ、——傷むといけないのでたちまちガラスの入った額を買ったものの、しかし額に入れてガラスで抑えると大きいプレパラートみたいに感じてしまい、この文字の中にあの時の時間が封じ込められているとしか思えなくて、じゃあ、このまま、金庫入れとくか？　いや、やっぱり、と迷い……。

結局、書斎に置いてあるごく小さい神棚、荒神棚の前に供えておいた。食物でも本でも、自分に過ぎたものを貰うと取り敢えず私はこうしておく。またその棚のある反対側には師匠生誕百年のポスターも飾ってあったから、——その写真はリアル師匠と一番よく似ていて、背景は診察室ではないし白衣でもないけれど、これ、実に医者っぽい。しているネクタイは多分あの時のもの。表情も記憶の中と同じ。いつも「平野」の男前ばっかり気にしているけれど、師匠だって別に、「そんなに悪くない」。お嬢さんは口と目と鼻がそっくりの美人なのだし。——文学全集に入っていた写真を見て、朝吹真理子氏は「知的なたこ八」、金井美恵子氏は老人なのに雄っぽい生々しさをその特徴に上げている。お二人とも、多分会っていない。

さて、そういう師匠の筆、これは作家の字であるのか、医者の字ではないのか。「いや」、これは文学の権現の書いたものだと思った。彼は神と仏を、魂と肉体を分ける事がない。しかも肉体の方を優位においている。正確無比な細部がどのような「幻想」においても、その真実性を支えている。現実から逃げない。

なので私はひとつの現実、物質としてもこの文字を見ている。師匠はこんな人と思ってみる。

墨はこの時期ならお嬢さんの安達章子先生が擦ってくれていたはず、墨痕淋漓ではなく、女性の手紙に使うような少し薄い色、文字は滲んでいておおらかで優しい。小学生の時に習っていたお習字で彼は金賞を貰っていて、習ってない字はだめ、と思っていたらしい。ここに、過度の体温とかはない。それ自体が水の中か、雨粒の混じった風の中にある。

——君去春山誰共／遊鳥啼花落水空流／如今送別臨溪水／他日相思来水頭／昭和五十六録劉商詩／印は三箇所に。

見ての通り、この色紙は啼という字が抜けていて書き加えたので小さくなっている。小さくしてもうまく納まらなかったのか、思考中の猫のしっぽのように左に曲がっている。ここくらいにしか、師匠がよく言われている不器用さ（でも彼、手術は上手いし）はない。

これ文字を抜かしているから、まあ書き損じかな、でも捨てるのは勿体ないわけで。つまり、それでも欲しいという人がいたからこそ、今ここにある……。

四十二年前にあの新橋第一ホテルのロビーで一目見た色紙、三十三年後空を飛んで私のところに来た？　いや、宅配便で道を走ってきたんだけれど、……。

当時の「群像」編集長、橋中雄二さんは、あの日師匠が両手で持っていたこの師匠の分身を両手で受け取った。そして、――書き損じなので編集者の自分でも貰えると言った。それもなんか師匠の仲間達が歓談していて、数人に書いてあげていた時に、橋中さんもそこにいて、つまり書き損じが出た時に咄嗟に自分にくださいと頼んで、貰ったのだと。彼は、――この色紙を二〇一四年、『未闘病記』で私が受賞した、野間文芸賞のお祝いにくれた。それで三十三年後の邂逅となった。

え、私、ハゲタカみたい？　いや狙ってなかったです。いえいえ、ひとことも、欲しいって言ってなかったですよ。そう、あの日だって、「人が物貰っている時に見ていたらいけない、欲しそうに見えるから」って下を向いていた。

でもやっぱり師匠の字がここに来てしまうと（仮にハゲタカと思われても）、この事は記録に残さないといけないと思ってしまった。長い時間がいつかこうして繋がってしまう事の不思議、自分からではなく誰かが働きかけてくれて会える、ならば書いておくしかない（写真を出したのはここが初出、言及は落選作にすでにあるけど）。とはいえ、そもそも拙作、――師匠の評伝、または作家論と呼ぶにはあまりに厚かましい。それは自分と師匠のあるやらないやら判らない関係性をひたすら追求して、心の中の師匠、その真の姿を発見する。それで自分だけが良い気分になってゆくという仕組みになっている。結局、作品と彼を支えた土地、人々等を媒介にして、自分側からの心の宝として残してゆく文でしかない、自分からも師匠に会いにいく目的で書いていて、書くよりもそうして会う方が大切というか。

その上でグローバル化が人類を、ことに女や子供を危機に追い込んでいく今、私小説の自己、領土について、殊にこれから今よりも一層重要になって行く、師匠の私小説について考えるものだった。

書いているうちに新世紀の天皇という問題が入ってきたけれど、これも師匠の半世紀前の「あれで人間であるとは言えぬ」発言が文学者によって、引用され引用されてここまで続いて来たからには、入れざるを得なくって。

執筆時、私が一番の参考資料にしたのは先人の作品論ではなく、師匠の側にいた方々の手紙や写真だった。そもそも、脱稿する前から、本の表紙の絵は版画家であり師匠の年譜制作者で、伝道隊長の青木鐵夫さんにすると勝手に決めていたし、作品が最も大事というのは当然であるけれど。でも、やはり、会わなければ、会う時、……。

師匠が一日四百人の患者を診て、その地域の視力を守る妙見様になっていた土地へ出掛けていくこと、そこの人々に会うこと、それが大切。出掛けるのは病気と目の悪化のせいもあってかなりきついから、一期一会的でというと大層だけど本音は単純、そこで何か発見があればそこから師匠に会える、とだけ。結論？

会いに行ってよかった。師匠とその土地と彼の大切な印象は壊れなかった。

自分で折々読み返してぽつぽつ気がついた事、その根本にある長く判っていなかった重要な事実は師匠の故郷にあり、そこに残した大切な眼科医院の後継者安達章子さんの言葉の中にあった。

私からしたのは細かい確認だけ。安達先生が私に教えてくれたのはそれを上回る事実。

お嬢さんには師匠のお葬式の時にお目にかかったけれど、お話を伺う事は一点怖かった。優しいのも寛容なのも長年のお手紙やお心遣いで知っていたけれど。また、そのお手紙の中で私は、——師匠には男性評論家の評価から零れてしまう一面があると予感していたけれど。

『悲しいだけ』のあるエピソードについて以前安達章子先生からお手紙を戴いていた。その中で師匠は、――お嬢さんが歯を抜いた時、まだ残せる歯も抜けと言って抜かせ、さらにはその後電車の中で立っているようにと、席を譲ってくれる人を断ってしまった。でもその時この教育パパは、長女というより医院の大切な後継者の手をひいてあげていた。

手紙には「父は悲しかったのだと思う（要約）」とあって、その日はさらに、「他の歯を抜くともその時の医療や医学に則したら正解であった」と。

その日、私は気にしていた事の大半を聞けた。

「父には、養子に来て欲しかったのです」、「私小説は全部その通り、でも母だけは違います」、「父とケンカもするし」、そこまではそうだと思っていた。

が、それ以上に、――夫人は作中、その本質であるところを隠されていた。

「だって母は銀座に行って、気にいるとこれ全部頂戴って」、ここは驚きだった。というか一番最初に安達先生から、両手を広げて、このハンガーからこのハンガーまでという動作を添えて、ブランド、一流店で総仕舞いをして来る夫人のその様子を教えられたのだ。

医師が描く彼女は私小説の病妻、師匠の「ＳＦ」でも主人公のお伴にされている「ゴジラ」、しかしその実態は浜松一の度胸と銀座を制圧する経済主権の持ち主。「買い物係（師匠引用）」にして、病院後継者。医師ではなくても跡取り娘（三女）だから。その一方、隠居後の師匠は欲しい骨董が高額だと、「章子、金ないか」とお嬢さん（眼科医）にお願いをする。

「（そんな師匠が）食事の文句を言うことは」

「いいえいいえ」


師匠は雄っぽいけど、男ジェンダー全開になっていたりしない。ただしその反ジェンダー性、男ラディフェミ性などといちいち言う必要もない。根本に私小説、身体、唯物（というより唯識かな、物質と精神の区別を付けない）がある。

どうやっても男尊を演じ切れない、彼は家父長ではなくて実質養子さん、とはいえ医者の家だから後継者でもあり、ただの睨まれる「婿殿」ではない。けれど、――家長である前に跡取り娘（三女）の夫であるべき人、優しい、おとなしい面のある師匠、でも、ならばその、雄体の激しさはどこに行ったのか、――まあそれは最後に。


勝又浩さんは師匠を男っぽいと思っていた。しかし例えば師匠が平気で自然物の擬人化をする事に論文の中で言及している。師匠の優しさ、他者に感情やわが身のあり方が流れていく共感能力を、勝又さんは「志賀さん」とは違うと感じている。

で、私もそう思う。例えば、――師匠は男性には怖いけど、その他の弱者には、受け入れて寄り添うところがある。海亀のお産でもハムスターの母親でも彼は見つづける、だがその一方でザリガニのいる池に平気でドジョウを入れるし、ハムスターは実験に使っていた。なお、「群像」の連載中に勝又さんから葉書をいただいていて、その中で私は人間として義理固いと褒めてもらった。でも別にそういう美点は持っていなくて、これはただ単に私の中で師匠に関わる時間が、さして流れていかないという事を意味している。

ついで、私の顔をみたら「藤枝さんは」としか言わない人もいる（時間が止まっている）。普段に会ってないというのもあるけれども、元「群像」編集長の渡辺勝夫さんは会えば必ず、「藤枝さんの葬式で鼻をたらしてわあわあ泣いていた」しか言わない。覚えている。――葬儀のあった五十海のお寺を出た時、参列した同窓生の言う、「奥さんに良かった勝見君」に会えなかった私、そのショックで私はまだ泣いていたのだった。駅の黄色い自動販売機（色は間違った記憶かもしれない、その記憶の中であまりに鮮烈だから）から切符を出そうとしていて、肩を叩かれた。顔が悲しみで茶色くなってしまった渡辺さんから、「追悼、五枚、十五日」、と生気のない声で言われたのだった（あの時は驚いた。だって、私ごときに）。

浜松は都会で、緑が綺麗で、表層には何も暗いものがなかった。でも、師匠はこの緑と自然の中で、毒ガスや人体実験を書き、父親の血を飲む呪法を書き、献体して臓器を失った体で入っていく墓の下を書いている。仏の体に発生するみるもおぞましい皮膚の爛れや、鶴のように足を上げて睾丸の痒みを散らせる方法までも。ここは、――どんな山中にも青空の下でも、国中に黒歴史と戦争の痕がある国、結核の記憶も残っている。一方、原発を視野に入れる時でさえも師匠は愛する金魚の池から出発する。夫人を一本のユーカリに象徴しておいて。

方向音痴であっても、土地に依るという事を彼はやっていた。少なくとも没後百年となっても、この文芸館は、藤枝静男の記念展示をやってくれるだろう。グローバル化の今、地域より大切なものはない。そこにしか現実も近代も保存出来ない程世界は荒れている。

師匠には浜松と藤枝がある。

駅について、目鼻だちのそっくりな眼科医のお嬢さん、藤娘、安達章子先生とまず浜松文芸館へ、最初その文芸館の中で師匠のノートを見ていた時私はまた、師匠が自分と同じ人だと錯覚しそうになった。展示されているノートの中もみせてくれたので、そこに柄谷行人と安部公房について書いてあるのを確認する事が出来た。わー、と声に出した。師匠、おんなじです、おんなじですね、と。その時、――私の頭の中の師匠は私と同じような散らかったスペースに固まった姿勢で、痛い腕で殴り書きしているのだという錯覚をおぼえた（キティのついたノートが一冊だけあったせいもあって）。

しかし、……そのまま案内して貰っている内に民画があって、ふと我に返った。師匠はこの構造を異様だと思い面白がる客観性を持っていたはずだ。でも私は形や構造がまるで分からないから、民画でも色がきれいとかこれ可愛いねとしか思っていない時がある。曾宮一念画伯の絵は判るけれど、それだってここが違うとかいちいち思わない。もし何か異様な存在が目の前にあったら、多分、私はその仲間なのでそこに浸るだけ。

でも彼はそれを診察する側だった。

思えば丸谷才一氏との交流史もそこにあった。ないはずないと薄々思っていて（だって、谷崎と『文章読本』に「敬服（引用）」しているもの）、結局丸谷氏からの手紙を見たり、師匠が判子を彫ってあげていたと確認したりした。で、この人（＝丸谷氏）私小説嫌いなはずなのにと師匠の公平さにちょっと驚いた。これは医者的な公平さかとも思ったりした。人間はメスを入れれば平等、それが近代、と確か加賀乙彦さんが言っていたから。ところで、……。

文壇は書き手が医者というだけで割と下に見るね？　小川国夫さんが師匠を「智的世界でも、エリートと言われる階層に属したことはなかった。」と書いている程で、これ、もやもやする。さらに「文壇」がそういう評価をするのなら不条理なだけだと思っている。だって医学部、偏差値も知能指数も文学部より上でしょう。無試験同然の千葉医大に二回落ちた？　けど医局に残り、三十半ばで学位取っています。選ばれて浜松三大名医の養子に望まれた人です。眼科医、――毎日だって時には二桁の数、手術します。それも一日何百人もの患者を診ていて、その合間にするのです。診察時間の前にはその手術後の患者の車椅子の足元を直してから、眼帯を剝がして、「みえますかー」って延々と聞いているんですよ。早朝から夜半まで、眼球、眼球、眼球、眼球。

そう言えばこの間も、昨年の夏から晩秋にかけて、私は師匠に会っていいいいた。会わせてくれたのはこの厄介な、変な角膜所有者の私に対し、水晶体再建術をしてくれた人物である。

というのも私、お金がなくて、限度額適用認定証をとって、カードのリボ払いにしたとしても、なかなか手術を受ける事が出来なかった。ばかりか、手術前に角膜の治療をしなければならないと普段行く医者に言われて困っていた。その治療は東京にしかなく、十万円仕事、付き添いなしで渋谷の階段を登って日参する時期まである。既に、――目はすごく悪くなっていて道を歩いていて、アパートだと思うと雲だったり、遠くから腕時計だと思っていたものが布だったり、それでも目を寄せるとパソコンの文字は見えるから外に出なくして、仕事はすごく時間かかるけど液晶にマジ、目をくっつけてやった。で、――結局、手術の分だけやっと算段が付いたけれど、角膜の処置のお金がない。ネット検索で或いは手術だけでも治るケースがあるかと思い、近所の公立病院に相談に行くと、「少しリスクありますが」と心配してくれた女医さんがいて、しかし「私だと日帰りでは手術出来ません」という結論になった。困ったなと思った。するとそこで、――隣の診察室から声が掛かった。たちまち女医さんは直立不動になって、はいっ、はいっと隣の壁に向かって弟子のように答え、私はたまに耳が聞こえなくなるので事情が判らない。しかしそれで手術をしてくれる、処置なしで出来るという段取りになった。私は念のためにそれで良いかどうかを、ある大学病院でも確認してから受けた。ていうか、なんと……。

その確認をしに行った大学病院で手術だけを教えていた先生がたまたま、大学病院を辞めた後そこに勤めていたのだった。

彼は眼球の全てに通じているようだった。水晶体も角膜も硝子体も小さい器官の中の連携として見ているので、自分は専門分野を持たないで大学の若い人に手術だけ教えていた、というエッセイを書いていた。博士論文もまさに連携を重んじる内容の統計と治療についてだった。その他には（これは御本人のではないが）私のような角膜の持主の手術を処置なしでするると、手術に使う顕微鏡が見えにくくやりにくいという、ある大学教授の論文も読んだ。

これらは全部直して貰って後、（単焦点レンズなのに）裸眼（両方一・二）で生活出来るようになってから検索で読んだ。しかも助かっただけではない。私はこの医師の診察を受ける事になり、そこでたちまち師匠に再会した。だって彼は体格も年齢もまったくちがうのに「激越」で「白黒」はっきりして、「猛禽」のようなのだ。もうトラホームの時代ではないけど、一日二百人以上、相手は一生にかかわる診断もあるのに、医者はそれを三分で見ていく。人の眼球ばかりを。

おお、……師匠の猛禽性はここに、この仕事に吸い取られていたと私は納得。なおかつ、恐るべき正確さ、速断、さらに繰り返しが平気な忍耐はこの仕事で養われたのだとも。これらは絶対作品に反映していただろうと（町田康の譜割り何十年、というのと似ているかもしれない）。
無愛想で即断即決な浜松三大名医、その職業的習慣と観察の正確無比、緊張に耐えつづける集中力。言葉は愛想なく短くて診断は正確、「絶対に近距離レンズです」、「すごく良く見えるようになると思います」。

展示の説明をして貰った後、浜松文芸館で師匠の白黒の動画も見て、病院も外から見せてもらって、さて、今はお嬢さんたちが住んでいる師匠の家にお邪魔。最後に「田紳有楽」の庭に立たせて貰う。中国から運んできた大きい石像、童女菩薩、池は藤枝の文学館に移動していた、まさか、空を飛んで？　藤枝文学館には以前小川国夫さんから講演会に招かれた時にも澤本行央さんに連れて行って貰った。

師匠のお家は記念館のようにきれいになっていた。師匠の好きな藤原時代の阿弥陀仏に対面出来た。実際に見てみると大きいので驚いた。これを置いて寝ているとお寺にいるのと変わらない（と思った）。
お家にも民画があって、そこで（おそらくはその絵と関係なく）ひどく懐かしさがこみ上げてきた。側に飾られた観玄虚の文字がまたどことなく優しいのも、やはりお嬢さんが墨を擦ってあげていたからだ（と思えてきた）。いつしか感情が勝手に動いていた。一方、家の中がホテルのように清潔でそれが師匠と私の違いを一層意識させた。

師匠は異様を異様と知って診察する側、すべてを医者の目で描いている。そしてそんな異様とは実は私の住んでいる世界である。私は、——脳も眼球も人と違う。角膜は一万人に十一人の、難病は十万人に二人から六人という変わったもの、脳は生まれた時、一晩仮死状態で、生き返ったのが夜明け。幼時から不具合、思春期からは難病の症状が出て、病名が付いたのは十一年前の五十六歳。

一方、師匠は確かに方向音痴だったけれど、そんなのではなかった。彼に池を宇宙化させたのは何か別のもの。そもそもどんな細密描写も師匠は正確無比、いつも白か黒かはっきりさせ、簡潔で言い当てる。でも、何が彼をそうさせたのか？

彼の雄っぽい体が維持した世界とは（言うまでもなく眼科には女医の名医が多いが）退屈さえ出来ない緊迫した繰り返しを生きる宇宙である。彼は人生の大半をそこで過ごし、幼い頃のように自分の欲望をぐるぐる巻きにして生涯女の子にはにかみ続け、責任のない戦争の悪を我が悪として身に引き受け、異様な暗い方向をじっと見続けたのだ。

どう思い出しても、——あの家の中はただ師匠が留守にしているだけのようにしか思えなかった。一度しか会っていない事をそこで思い知って帰っても良かったのに。初めて入った知らない家の中で、感情だけが動き、師匠はどこかに旅行に行っているだけだと思えて、今もそうなのだ。ひとつ、泣けてくる事、たった一度でも例えばあの時にでも、私は師匠に自分の角膜を診て貰えば良かった。診る人としての彼を見ておきたかった。

師匠は医者の時は眼球を診て、昼寝の後は庭の樹や池を見て、見上げるか、覗き込むか、ともかく彼は見ていた。それはある意味、自在な状態だ。そこには観察の一方向しかない。眼科医は方向音痴でも何も困らない。だって彼らはずっと診察室の床に生えているのだから。する事といったら早朝から深夜までずっと、概ねは左手の指先でいきなりやって来た患者の瞼をめくって、角膜や網膜や眼底をつまりは目の中を見ているのだから。——ひとりひとりの患者から見ればその接触する時間はあまりに短く、なおかつ医師の側から見れば診察する時間はほぼ未来永劫、相手の一生を左右するかもしれない判定は一瞬。

眼科は近眼でもなる事が出来る。勝手に言うと、むしろ斜視とか目の完璧でない人が優秀な眼科医になっているような気がする。分厚い眼鏡をかけた師匠の描く、奇想天外な私小説は小さい日常の繰り返しから、すべて正確に抽出されたもの。例えば人骨の笛を見ても何を見ても、他人の眼球の中を見るようにして、ただひとつの場所の細部とその連携とを見ていたのではないか。

眼科、そこは、統計も論文も患者の数ではなく目玉の数。一眼、二眼などと記してある世界。そんな世界から動けぬ師匠は、一日に八百眼の瞼を自分の左手の親指と人指し指で開けて（これを翻転《ほんてん》と言う。医者は判り易くするためあえて反転《はんてん》とも言う）、風景を見るのに使う器官の内側だけを、片手で瞼を開けて一日、六百眼または八百眼見て、その後で小説を書こうとしていたのだ（結核も戦争もけして見落とさないその真剣さで）。

宇宙の発端にあり、それを認識するために別系統の小さい纏まりをもち、そのまとまりの中の連携が本質である、そういう眼球世界のマスターである彼、見られる側の患者（私）、お互いに変わった角膜を知っている。でも実は師匠と私の基礎条件は違っている。

彼が自分の人生の中で一番長く見てきたのは他人の眼球の中だ。触れてきたものは他人の瞼の肉だ。視神経はそのまま脳に繋がっている。脳は宇宙である。

お嬢さんが案内してくださる家の中で私はすぐ迷った。ついに帰ろうとすると玄関がどこかが判らないわけで。師匠の方向音痴、それは私と同じ。だけど私の方がずっと変なはずだ。ていうか、もみじマークのついた電気自動車に乗せて貰っていて、もう見せてもらった文学館の左右も、駅前と師匠の家の前後も分からなくなっていた。確かに、何もかも師匠と私は違う。でも、でも一点繋がっているここから会えた。

本人の帰りを待っていたら、帰る時間になってしまっただけだと思いながら、私には位置も時系列も全部ばらばらに戻った後の細部が残った。

落選作の最終回を書いていてやっと気づいたのは、「田紳有楽」の主人公が自分用の骨壺をわざわざ買って帰らない理由。結局小川さんから貰った宿場徳利があったからなのだ。それはありふれた品なのに師匠は嫌わない。慣れた、知っている足元、地面、肉体、物質、故郷から彼は永遠に帰る。

書く時の彼は、自分で自分の眼球を診察している心境だったのかもとも私は思う。「私」の底を覗いていれば必ず他者に行き当たり、外の世界が開ける、そういう意味で。

師匠は雄に生まれ老である事に自分から入っていって、私小説のフレームを借りながら自分の回りだけを完結させて見る事の出来る能力を使い訓練を続け、それ故に、独自の、宇宙を手に入れた。

私小説はフレームを自分から選ぶものである。なおかつ、書いていると自分の真実を次々と食っていく。実に等身大の腫瘍のような物だとも思えてくる。そもそもその主人公は文章に触発されて出てくる自分。でももしそれが思いも掛けず本当の自分であったとしたら、人は私小説を生きる事になる。それも殉職である。

そんな私小説について、「自分のことをありのままに、少しも歪めず（引用）」書くことだとか平気で言えるような脳天気な「上」と、師匠は最初からすっぱり縁が切れていた（無論その上とは別に志賀さんではない）。

最後？　追悼を書いた十四年後に大切な一冊として紹介する時も、また今回も、私はいつもそのたった一度の出会い、受賞会場に向かうまでの三十分程について書くしかない。おそらく師匠の特集的なものに参加するのは多分これが初めて、なのにやっぱりその時の事を書くしかない。――私の両親は私をまずこの世に出してくれて、お金と生命をくれたので感謝している。しかし師匠は私に生きる場所をくれ生きている意義をくれたので今私は生きている。それから四十二年、六十七歳になった。彼がいなかったら「私」はいなかった。

今もなお彼を取り巻く人々、その業績を保管している郷里、集めていた、保存された骨董、百年後も読まれることを期待されている水の枯れない井戸としての作品、これからもその達成を保持してゆく人々、――彼らがいる限りたとえ、私のようなもののところにでも、師匠はまたいつか、会いに来てくれる（ので、感謝あるのみだ）。

【主な参考資料】

『藤枝静男著作集全六巻』（講談社）
「田紳有楽」藤枝静男「群像」一九七四年一月号・七月号、一九七五年四月号、一九七六年二月号
「冬の王の歴史」勝又浩「群像」一九八二年四月号
『志賀直哉・天皇・中野重治』藤枝静男（講談社文芸文庫）
『暗夜行路』志賀直哉（新潮文庫）
『裾野の「虹」が結んだ交誼――曾宮一念、藤枝静男宛書簡』増渕邦夫編、和久田雅之監修（羽衣出版）
『作家の姿勢――藤枝静男対談集』（作品社）
『藤枝静男論――タンタルスの小説』宮内淳子（エディトリアルデザイン研究所）
『藤枝静男と私』小川国夫（小沢書店）
「いろいろ田紳有楽・あれこれ藤枝静男・藤枝静男のこと」青木鐵夫「藤枝文学舎ニュース」19～40号、47～78号

川上亜紀論　知らなかった
『チャイナ・カシミア』解説

解禁要素

川上亜紀さんは文壇の抑圧に翻弄された、本来なら群像新人文学賞に当選していたはずの作家と言えます。私は入れ違いになってしまい、選考委員としては出会えなかったのですが、作中にある事情で彼女を知りました。そしてタブーというよりも隠されてしまった貴重な才能として、「返信を待っていた」の中で取り上げています。でも、……。

実はもっともっと、彼女について解禁し、書きたかった。なのでこの解説を依頼し、本人について、作品について書かせてくれた七月堂さんに感謝しています。収録にあたっても変わらぬ思いを込め、細かく改稿しました（写真は作中のマフラーをした老婆）。

「群像」新年号の拙作（短編小説）、「返信を、待っていた」に川上亜紀さんの詩集『あなたとわたしと無数の人々』を引用させて貰った。自分の文章とは一行開け、きちんと離して引いた。それでも書いていて彼女がまだ生きているような感じがした。というのも、詩集を読んでいて、ここを引用しようと写していたとき、ふいに、私は彼女に似てしまったからだ。一行離しても距離のない体温、イメージの切実さがそこに生きていた。

それは優しいブルーに緑色の帯の詩集である。その中の「噛む夜」においては月が噛まれている。「寒天旅行」では大阪が、「寒天ゼリーよせ」にされてしまう。引用しているうちに、結局、記憶を剥がして食べるというフレーズを私は書いた。しかし私は普段そういうふうに「食べる」ことはない。と、書くと、……。

まるで川上亜紀が過食症作家のように誤解されてしまうが、それは違う。ご存じのように、小説では最初、彼女は食べないことを書いた。それは長期点滴闘病小説『グリーン・カルテ』である。第四十一回群像新人賞の最終候補作（選評を見て、一部引用）。

後藤明生「（前略）『病気』がきちんと『写生』されている。しかし入院前後（作品の枠組み）が余りにも『文学』的過ぎる。その弱点を指摘した上で私はこの作を優秀作に推した。しかし誰も賛成しなかった。」

この回、惜しくも選考委員達は彼女の傑出ぶりを見抜き損ねたようだ。技術が高すぎて損をしたのだろうか。全体を見て？　欠点を探した？　しかしこのような才能はまず、どこがとんがっているかを見なくてはいけない。

ここに点在するのは、生きた天然の静謐な笑いツボ。それは狂言のようなくすりと来る笑いであり、体験が体験だから本来なら凄絶とか悲哀が似合う。なのに、落ちついて書いている。そこにあるのは長期点滴の身辺悲喜劇。結果として生まれる、直球の必然性、その必然にさえ忍び込む詩的精神、つまりは、ユーモアの仄めき。

今、亜紀さんから貰った作品社刊行の『グリーン・カルテ』は、目の前にある。装丁は緑色のカバーに（カバーの下も緑）亀の行列、……確かに、文末、「のだった」、の繰り返しがやや滑り気味である。だがそれで既成文学に落ちつこうとしていると誤解してはいけない。

で？　柄谷は言った（またかよ？）「小説は年々水準が落ちている。今回は「「優秀作」」を選ぶにも困った」、……。

かつて加藤典洋は私に直に言った「あの人（って誰？）は詩が、判らないのだからね」。つまり、……私達二人（と川村湊、藤沢周、高橋源一郎）はこの「結果（評論受賞が三人、小説受賞はなし）」の後を受けて「群像」の選考委員になったわけだ。加藤氏との会話はその、選考の場でのことなのである。ああ、もし後一年遅く、川上亜紀氏が応募したのなら、……。

しかし、結局彼女は詩と小説の区別から自由になって書いた。それで良かったのだと今の私は思っている。だってその形で（まだゲラではあるけれど）「チャイナ・カシミア」という果実が出ていたから。ただ『グリーン・カルテ』の場合、あれだけの難病体験を前にすれば、私小説直球で普通は行こうと思うだろう。でも私は、実は……。

詩の時も小説の時も彼女の立つ位置、姿勢等も同じで良いと思う。つまり、そこがいいのだと。拙作短編に私はこう書いた（それはバックラッシュとネオリベラリズムの時代を描いている）。

――新世紀初頭、川上亜紀さんからやって来た手紙、一通の手紙からその川上亜紀という名前を私は知った。（中略）手紙は私の書いた論争文についての肯定とともに、論争文中にある、私の新人に対する、言葉遣いへの（ごく軽い）批判から始まっていた。

さて、彼女の手紙は強くて素直で言いたいことを全部言っていた。しかし恨み言ではなく、奇妙な事に（良い感じで、淡々と）どこか他人事のようであった。その手紙と他の関係者の証言も取って、『徹底抗戦！文士の森』に私はこう書いた。それは昔私を、積年迫害した編集者が編集長で戻ってきてたちまちの事であった。「前の編集長と今の副編集長が載せるといって絶賛していた女性の詩人作家の小説が新編集長の力で罵倒されて、書き直しの後で没になった」と。入れ代わりのように載っていたのは、かつて、未成年ヌードグラビアを作っていた私の論敵の配偶者が書いた、少女強姦（カマトト）ノベルである。

こうして、「群像」のパーティで私は亜紀さんと（あるいは約束していたのかも）対面した。覚えているのはショートカットで飾り気がなく品のいい姿、ぎごちなく苦みを持った頰の線である。明るく感じ良い笑顔である。きちんと美しくグラスを持って、既に誰かと慣れたふうに話あっていた。

「よく言った、よくぞ教えてくれた、私と同じ人よ」。

しかしその手紙中に確か、「かどうかはともかくとして」という類の、自分に係わる記述なのにいくら何でも他人事すぎる書き方があり私は、その場で指摘した。亜紀さんは納得して、明るく素直にしていた。私の贈った小さいブローチを「眺めて」いる、と言った。

彼女の手紙を読んでから作品を読んだ。どっちにしろどこかしら私に似ていた。だって、多くの「文学的な人々」は傑出するほど、文学的に見えることを忌避しようとする。ところが私たちと来たら、なぜか……直球でそのままに文学を生きるしかない身体を持っていた（当時私はまだその理由に気付いてなかった）。私たちは特にセックスを描かず、家庭に、あるいはひとりにくるまれて存在するしかなかった（むろん難病の病態はひとり一病、しかしシンクロし始めると凄い事になる。というか根本、小説の私において、そのあり方において私たちは相当にシンクロした）。とはいうものの、……。

　手紙の内容や文章では、彼女は私より金井美恵子さんの方を好いている気がした。そもそもお祖父様が出版、お母様は大学教授、母子で連れ立って近代文学の学会に出掛けるという一家である。しかしそれならばなぜ私なんかの「下品な」論争に反応したのか、その上おなじ編集者からまったく同じように迫害されたのか。受けた被害も手紙にある編集者からの罵倒までそっくりであった。外見も（顔だちは良いのだが）どこか一点私に似たところがあった（彼女にはその時一度しか会っていない）。

　その後、……私が彼女と同じ生き物、希少な仲間である事、その一端を知った。ほんの数年前、自分の年来の体の不具合や異様な症状が膠原病の珍しいものだと判明したからだ。それは自己免疫疾患、自分の体が敵になって自分を攻撃してくる、原因不明、不治。

　自己の肉体が他者であって、他人と通ずる言葉を放つためには、人と違う方法で語るしかない。私たちはそんな宿命だった。――「未闘病記」を「群像」に発表した時、彼女は、お見舞いの葉書をくれた。「大変だったのですね」、「私も昨夏は」、「三十ミリのステロイドで」、「少しずつ減らして」、「こちらは比較的ポピュラーな難病ですが」、……。

「『健康な人は気が散るのだ』のくだりで笑ったりしました。」、「お見舞状というつもりが、つい自分のことばかり」、「アベ首相が妙に元気そうなのはフシギだ」、首相と同じ病なら国会前に目が向くのだろうか？　ツイッターを見て、納得した。感染も危険なのにデモに行っていた（自分を語ってすべてを語れる、文学の身心で）。

但し、自己免疫疾患の難病の中でも、この潰瘍性大腸炎やクローン病などの腸の病の場合、具合のいい時は健康な人より元気で、活躍する人がいる。ふいに上昇する生命力と、自在になるための素直さを彼女は持っていた。

元気な時はすごく元気なのかもしれなかった。一度彼女から急に電話がかかってきたことがあった。随分前の話、私は何か理由があって小さいひとり用のシャンパンを若い作家何人かに送っていた。無論、彼女にも、――嬉しかったので電話したと言った。一点はにかみつつ、それでも突進するように明るく機嫌いい声。

……今年の冬も玄関のコート掛けに亜紀さんの編んでくれたショールを出して掛けた。それは外国の漁師のセーターに使われる編み目模様で、魚にも波にも見える深い青の毛糸。私はこのショールを、近くの白鳥が来る沼にして行こうと思って、毎年出していた。

それは野間賞のお祝いに頂いたものだ。宅急便の送り状品目のところに「靴下、ショール、お菓子、カード」と書いてあった。言葉の並びがそのまま詩のようであった。「話す言葉が全部小説になるので信用できない」と言われている私は、その送り状をとっておいた。『チャイナ・カシミア』がどんな装丁になるのかはまだ知らない。しかしここにある小説の半分は毛糸であまれている（さて、本書の解説に移る）。

表題作、――世界が毛糸で出来ている？　全部編んである？　それは彼女が自分の身心から紡いだ毛糸かもしれない。そして、カシミアとは何だろう？　搾取されるものだ。カシミア山羊の扱いが悪いということを、つい最近やっとネットで知った。知らずに着ていたのだ。

で？　カシミアを編む、つまりカシミアという言葉を編む、と川上亜紀が思う。すると、もう、編んでいる。遠い生産地と、自分のいるここを毛糸で繋ぐ、となると……七十七万匹の凍死する山羊、テレビの中の氷点下という言葉の冷たいルビ、黄色い目の大切な灰色猫、氷という名前の寒がりな中国人ばかりか、昨年の冬と一昨年の冬も混じってくる。詩と小説、夢と現実、手元から編んで、編んで、……。

池袋に通う彼女のお友達のお国は、気温も労働も動物の環境もきつい。それは価格崩壊商品の生産国、という現実世界。そして主人公の寒さへの恐怖や、夢の中の声は、私にはすぐに入っていける親しい世界である。但し、私と違い、――彼女は寒いとなぜか家族を求めるようだ。主人公は「オカアサン」と呼びつつ、カシミアのセーターを着て、せきを「ヘンヘン」と山羊っぽく言っている。そのうちに、人間も山羊っぽくなってしまう。但し彼女はカフカのように個人で変身するのではなく、家族ぐるみで、資材にもされ、資材を消費する側とも化すのである。

恐怖の遺伝子操作が暗躍する世界で、人間はまさに家畜のようにして、持っているミルクを制限、収奪される。いちいち経済格差ガー、とか言うまでもなく、それは彼女の編み目に、すべて引っかかる。着ているセーターそのものに人間はなり、地球上の矛盾をも着ることになる。だがそれでも深刻な殺意や絶叫はなく、童話のくまさんのように、猫のお皿も出して並べている彼女。家族は毛糸なのか？　編む側が毛糸なの？　自分だって収奪されてもいるという認識が救いになるというの？　役に立たなければ殺されるこの新世紀において、それで平気？　というわけで、……。

カシミアを着る側と毛を取られる側が接近してしまい、肉食の猫まで編み込まれて、おじやには何なのか判らない肉が少しだけ入っているという展開。物事は突き詰めると全てこわい。だがそれでも優しいものがあってもいいと作者は言いたいのかも。恐怖は拒否してもいいんだと言う宣言とも取れるし。

この、優しくて無防備でどうにでもされる、そんなカシミヤ。それを人ごとのままでひどい目にあわせ、にやりとしてページを閉じるような、残酷寓話などを彼女は書かない。一見他人事のようにしてはいていも、結局物事は全て、違う形で自分に触れるのだ。しかも家族という毛糸が柔らかくてやさしい生命なら、最後には生きた灰色の猫が活躍するしかない。搾取で作られたセーターではなく、自前の暖かさで抵抗する飼い猫。そして最後の「灰色猫の余計なお喋り二〇一七年夏」で、私はこの猫の不妊手術に悩む実際の原因が判ったような気になる。肝臓の数値が心配だったのかな？

あの時、まだ気付かず「モーアシビ」34号のお礼メールに、「肝臓、ささみで悪くなるのかもしれません、一時、うちのギドウもそうで」という言葉を書き添えるのを忘れたとだけ、私は思っていた（泣）。

さて、「靴下編み師とメリヤスの旅」、――この作品の時は、まだ亜紀さんから返信があった。面白いしなんとなく武者修行のような感じだとも言った記憶がある。やはり少し人ごとのように喜んでくれて、「笙野頼子さんが言うのだから」と私も知らない人のように言われていた。――この小説はけして幻想ではないのに、詩的な動きが本当にうまく行っている。世界を糸に込めて繰り込んでいっても、そっくりの景色にはならないということ？　それは左利きの彼女が編んでいるから？　小説にあるように、亜紀さんは本当に左利きだった。しかしお母様が、文字を書くことだけは右手に矯正された。但しそれ以外は何も治されなかったので、左手で包丁を持って料理していたとか。私も幼児には左利きだったのだが全て矯正されて――、その結果かどうかは知らないけれど左右盲である。なおかつここ三年右手の親指の付け根が例の病気で激痛しているのにもかかわらず、左手は不器用になってしまって、久しい。

一方、亜紀さんは編み棒を自在に操れる幸運に恵まれ、日常の現実がそのまま世界の裏側をみてしまう手を、持ったままであった（ここにミズカさんのようなステロタイプでない年配女性が、他者として選ばれ書かれている事も好感、貴重である）。

で？　靴下を編むことがエストニアとかバンクーバーと言う言葉と響きあう彼女の文章の技術。これ、人間が書けているから面白いのか？　いやそれよりも、編み物という小さいはずの繰り返しが時間にも空間にもなっていって、なれない他者にふっと繋がってくるそこが良いのである（とはいえそれは治療の苦しみに耐えながらの編み物なのだが）。さらにはその他者がバンクーバーという遠くを連れてくる、そこも良いのである。病の苦しみは通じないけれど、編み物話は二人を通じ合わせる。

「ながなが？」／「ながながあみのひきあげふためこうさ、こんな編み目記号ですね（後略）」、「（前略）右利きの人が表を見て編むところをなぜ左利きのひとが裏から編むなんていうことに（後略）」、「（前略）最初の作り目はべつとして、次は奇数、その次は偶数。偶数の段は裏側をみて編むことになる。とすれば、どこかでこの奇数と偶数を入れ替えるしか（後略）」

靴下は実際に遠方で履かれるのだが、それ以前に裏返り世界への旅をしている。

わざわざ靴下に目鼻を書いて旅に出さずとも、五本の編み棒がバンクーバーを引っかける。すると頬に毛糸がぱたりと触れるように、誰かと会ったことの記憶が蘇る。人と会うことも普通に生きている事も、本当は凄いし、難しいことだ。私は左利きに生まれてもそれを生きることがなかったので、少し残念だ。編み方を教える輪っかの中にも、時間が繰り込まれ、読む人は入り込む。世界の裏側をふと感じる。編みかけの靴下は宇宙になる前のもの、その卵っぽさをていねいに辿るのも必然に思える。

彼女には一度しか会っていない。手紙とメールと献本だけの交流である。連絡の頻度もそんなにない。しかしそれでも長く、私たちは脳内の仲間だった。

そう、そう、亜紀さん、長いものを書くのならモチーフを繋げるようにして編み上げれば良かったね。書いていたのだろうか？　しかしそれだと最初から最後までのモードを決めるのも体力の維持も、大変なはずだ。しかも八十年代の形式に見えてしまうかもしれない。だが、そこに現実が、目の前が、同時代が入るものを彼女なら書けた。なおかつ、現実との交錯が淡々として、或いは静謐の中に、生命が満ちるものを書けたはずだ。なおかつ社会への批評のある、夢的毛糸編みを。

生前、同人の島野律子さんに小説で本を出したいと話していたそうだ。私は長いものを書けばいいとだけ思っていた。――むろんこの本（ゲラだけど）は時間もかかったし、長篇ではないけれど素晴らしい達成だ。

　彼女にとって時代が不幸だった、だけではない。彼女をかばわなければならない時期、実は私は「群像」から二度目の追放を食らっていた。一度は「エースとして」復帰してくれと言われたのに、むろん亜紀さんも同じ枠で（いきなり三十人以上の作家がいなくなるという具合で）ずーっと押しやられた。私と彼女の新作を待っていた共通の担当者、私と方向性の合う人が移動したせいである。理由はその時来た新任の編集長と「あまり仲良くないから」と言うものであった。その上で、殆どの引き継ぎがなされず（つまり新しい担当者のネグレクトもあり）、見事に消された。だけどそのあたりで既に、亜紀さんはモーアシビで活躍していた。いつだったか一度、書けないので編集者によろしくお伝えをという手紙を送ってきた。私は最初の手紙の時と同じように三秒怒った。

「モーアシビ」についてお詫びする事がある。実は川上さんが掲載号を送ってくださっていたのだと私は気づかず、彼女が、ひとりでやっている雑誌なのだと誤認していた（村田喜代子さんの例があるので）。自分の短編にもそう書いてしまった。というのも私は同人誌というものもその出版についても、まったく経験がなく、或いはそれ以外のことでも、普通だと気付ける事に気付けないからだ。つまり、これは私の責任であり、けして彼女がそういったわけではない。私が迂闊で、他の同人の方に大変申し訳のない事を書いてしまった。特に本当に作っていた方に悪いことをした。白鳥信也さん申し訳ありません。小説に書いたように方言の出てくる詩、面白かったです。

要するに彼女はなにも孤独ではなく、私が猫との生活の中で彼女を脳内友達に設定している間もずっと、素晴らしい人々に愛され交流し、他にはない才能を評価されていた。そもそも彼女は母親から文学を与えられて伸び、小説の中でもオカアサンと呼び、たとえ少しくらい喧嘩しても、家族と仲がよかった。書くときにとても良い場所にめぐまれていた。

白鳥さんにはこの短編を単行本にする時に作品の後に注を入れて献本しお詫びします（と書きましたがその後わけあって――注だらけの緊急出版に――やむなく本文の中に訂正し献本しました）。

そしてあの、「モーアシビ」34号が届いた時（この雑誌自体は彼女の生前に発行されたのだが）、何か感触が違うと思ったのは確かだった。小説に書いたようにそこにはお母様のお手紙が挟まれていた。私は（多分怖くて）それを見なかった。ずっとメールの返事が来てなかったから。でも詩集が届いたとき、とうとうプロフィールを見てしまった。再発から四ヵ月というのはあまりにも早い。しかし、病に疲れて連絡をたつことが（私にも）よくあるから……。

彼女の文章がまた「群像」に載ることを私は長年のぞんでいた。引用でもいいから、載せようと思ったのだ。それで自分で新年号に引用した作品を書いた。

だけど本当に、「雲の上に」？　実は今もあまり判ってない。そうあった時も、最初、外国留学にでもと思ったほどだった。

だって、「北ホテル」の、桃の味の飴がすでに雲の上にあったはず。それは仙人の不老不死の果汁の飴、詩と小説を交錯させる空に、すでに彼女はいた。

川上亜紀、ひとつの世界をずっと生きて変わらない、その編み目に狂いはなく欺瞞はなく、そこにはいきなり生の、真実の「小さい」感触が入ってくる。それはさまざまな世界に読み手を導く。

ポメラを使い、猫に語らせ、飛行機の中でメモをとっていた。

雲の上に、という言葉を本当に言葉の雲の上にいるように書くことができた。その言葉は今も同じように読める。生きてからも死んでからも作品は変わらない。ただ、もっといて欲しかった。

これ？・二〇一九年の蒼生の解説です

解禁要素

判決まで封印、そこからの解禁です。発表直後からずっと裁判にかけられていたので、その間中は当然、公開出来ないし表にも出せないという状態でした。

この裁判というのがなかなかカフカ的、学生たちの受けたある指導について、私が彼らの代わりにこの「蒼生」で無償で告発したところが、……。

なおかつ、その告発記事は早稲田の教室会議での閲読を経て、教務、法務課からも掲載許可された原稿であったというのに……。

訴えられました。訴えたのは「蒼生」を作っていた大学の先生たち、訴えられたのは、掲載許可した人たちでもなく、記事を依頼した学生たちでもなく、書き手の、フリーランスの私ひとり。で？

この学生たちが受けたある指導に関して、全部真実、報道して当然の内容という最高裁の判決が出るまでに四年近く、元の雑誌は関係者しか手に入らない。で、私の文であっても裁判になったら、自分の本にさえ収録できない。当時は読めないと言って怒っていた人も、今は皆さん忘れてしまっています。とはいえ二〇二三年一月、最高裁の判決がやっと出て、これで解禁に。

裁判の結果は原告二人のひとりに完全勝訴、もうひとりには大半勝訴、相手方の弁護士は二審まで多分日本で一番有名な法律事務所でした（途中から原告のひとりが弁護士をかえました）。私側の弁護士さんは実名報道の防衛については日本一とも思える東京21法律事務所。当時事務所の代表のひとりだった岡田宰先生は、無償でこの弁護を引き受けて下さいました。その後支援の会が二週間で取り敢えず百十三万円のカンパを集めてくださいました。故に、岡田先生には最高裁勝訴後、何度も何度もお願いしてここからやっとお礼を受けとって貰いました。銀座の一流事務所であり、なおかつ良心的な対応、感謝してもし足りない。

なお、やはり感謝してもしたりないのは支援の会も同じ、カンパばかりではなく証拠から証人まで長きにわたり連帯し協力してくれました。

岡田先生はこの最高裁の後、五月に亡くなられました。悲しくてなりません。

岡田先生と一緒に私を弁護してくれた藤峰裕一先生には裁判中からお世話になり、彼が事務所を移籍した今も心から頼り続けています。

裁判の記事は中日新聞、二〇二二年六月八日二審の後に出ました。まず一審は私の記事について「いずれも公共の利害に関する事実に関わり、専ら公益を図る目的に出たものと認定」、この大半勝訴と言える記事を引用すると「訴えた側の〇〇氏らが一審・二審とも七項目の内一項目の勝訴にとどまり、逆に訴えられた側の笙野氏の記述が、多くの点で真実とされた」、となっています。なお、この一項目というのは私が昔話としてつなぎに書いた、重要ではないエピソードのひとつでありこれも真実であると認定されたけれど言い方がきついという、それで裁判にしては小額のお金をとられました。まあ報道を貫いた名誉の負傷ですね。というわけで、判決には削除しろとも販売するなとも書いてはありませんが、その部分に関する一語を伏せ字といたしました。文意を見れば判るように、この伏せ字の中は「表現を十全にはしにくかった」という意味です。とはいえここに書いてある柄谷批判も、何より重要な論点である学生たちが受けたある指導についても、全て事実で報道して良いものと判定されています。ていうか私の書いた事は事実として、全部本当にあった事という判決になっています。

学生たちは録音や日誌、画像などを保存してこの戦いに臨み、言論の自由を獲得したのです。いろいろ辛いことが多かったわけで、これも小説にも書きたいのですが、他に出す本が一杯あるので、取り敢えずここにエッセイだけでも解禁いたします。

また本文中の実名表記については岡田先生藤峰先生が守ってくれ、最高裁までもまったくお咎めなしだったのですが、今回エッセイ集に収録するという事ですべて、記号にいたしました。明白な誤字脱字も訂正しました。しかしその他は原文を維持しています。なお、注や記号化の部分はゴシックで太字になっています。本文にあるように当時の私はまだ赤旗を信用していました（泣）。

一月の下旬、X君という早稲田大学の知らない学生から、「蒼生」という雑誌のインタビューを依頼された。それは学生の創作をメインにした一年に一冊の、つまり卒業記念的な雑誌なのだが、彼ら学生はこれを、後期の実践的な授業のなかで制作するそうだ。で？「この雑誌に実はある特集が入るんです」。それは彼らの卒業を懸けた、しかも各々の倫理が問われる、大切なものだ。その特集とは何か？「笙野さんにはこの特集に沿ったお話を戴きたいのです」と「ほほー、それでは他にどなたが」、……。

まあ私は特にそういう並びにこだわる人間ではない。ただ自分だってどんな事に利用されるかは判らないのである。で、聞いてみて驚いた。というのも、……。

なんと、宮崎駿という、アニメ系統で大変な業績のある方の談話と並べて、私の談話を載せたいという話なのだ。は？「えええ？ カルチャー横断とか、そんな企画なの」。

咄嗟にはどうも、意図が見えなかった。というわけで、私は警戒気味となった。もともと忙しいさ中で体調も不良、最初から拒否がちな応答になっている。何よりも、宮崎氏と私、そこに一体何の接点がある？　ただ、ああ、そう言えばなるほど、昔書いた『二百回忌』が、『千と千尋の神隠し』という氏の作品に似ているという評が出た記憶も蘇った。だが取り敢えず現在、私とまったく関係ない、他ジャンルの偉い人である。

むろん、この監督の談話ともなれば大変貴重な記録であろうと私にも判った。このような方に時間を割いていただくことは、おそらく大新聞でさえも、苦労するであろう。

「ふーん、それにしても、さすがワセダ、よくこんな大物の談話を取ってきたね、で？　文学の方のインタビューは誰が断ったの、つまりその結果で、こーんなに急に、私ごときのところに？来ている、ねえ、こーんな急に？」、というのも日程を聞くやいなや私は怒っていたから。

まったく一体なんなんだこの付け焼き刃は、私ならどんなタイトなスケジュールでもへこへこして受けると思っているのかな、ま、仕事は早いけど、でも、ね。

……発注一月十九日仕上げ節分二月三日、ゲラ二回見る？　それもどしろうとのテープ起こしたやつ泣き泣き見るんだよ？　それで雑誌は部数五百部、謝礼なしだって？　ふーん蒼生って偉いの？　普通、私でも談話は三ヵ月前からとか約束するのに。

今、おそらく膠原病性の方で目の異変があるんだよ。しかもここのところ本当、戦争止めたくて余計な用ばかり抱えている、つまりマスコミからはずーっと干されたままなのに、貧乏暇なし。

ね、判った？　そもそもおたくのような安倍政権支援大学、大本営人材の供給所に関して、何の義理もないんだ、おそらく今後のお付き合いもないところですし、と言ってみたところたちまち、……。

「違います、それは違います、申し訳ないと、本当にご迷惑だと思っております」と言って、その、私に頼みたいという特集の名前を彼らはついに放った。

特集「文学とハラスメント」すると、……。

ただそれだけで、というか既に「指導教員の名前」だけは聞いていたので、彼らが、現在どんな目にあっているのか、たちまち判った。確か昨年、ここは渡部直己によるセクハラ事件が起きた。そしてＹＹＹＹもそれに悪く関与していたのだ。どちらも一応私の知った名前である。というかＹＹ君との因縁は長きに渡る。そして、……。

「私達学生は渡部直己教授のセクハラ告発をするべきだと思いました。するとＹＹ先生とＺＺ先生からありとあらゆる妨害を受けました。僕は今自分もハラスメントの被害者だと感じています。この批判を終えるまでは卒業しません」

「セクハラを許せない。渡部氏だけではない。ある女性教員は被害者に味方したり学生が嫌な目にあわないように注意喚起をし、相談に乗ってくれてもいた。ＹＹ先生はそれをいなしに行き、ほどほどにしろと牽制したんです」

私はさまざまな事を思い出した。――ＹＹ君、もし君がこの特集の私の原稿をボツにしたら君は、この生涯で私に三度、〇〇〇をかけたことになるね？　あの時、「柄谷行人」と私は書けなかった。「日本近代文学の起源」とも君は書かせなかった。（原注1）

書くべきことを書かせない、ことに個人名を書かせない。この学生たちの必然的受難、それは「私が来た道」なのであった。むろん、別に私の戦った相手はＹＹ君だけではない。長きに渡る論争経験とその論争媒体における〇〇〇との戦い。私はその細い道を歩いてきて、やがてこの国が辿る大道を知った。

文壇における〇〇〇、それこそ戦争への道なのである。純文学における「タフなカナリア」と私は年来呼ばれてきた。

文学は自由に書け、たとえそれが政治的テーマであっても、その媒体のオーナーの批判であっても。それがどんなに大切かを今ひとしお、私は噛みしめている。むろん私の技術があれば、名を出さずとも、小説形式にしても、虚構化や一般論化による告発は可能である。一方、論争は雑誌のコードとの戦いである。技術だけで越える事の出来ないものはある。

やはり、根本に媒体の姿勢というものが必要である。つまり、オーナーの批判さえ可能な新聞もあるという事だ。例えば、そんなにきつくではないが、「しんぶん赤旗」は出来た。私が今「しんぶん赤旗」によく出ている理由のひとつである。自由に書かせるものは戦争を止める。

但し、書きたいことを書かせないと言うときにむろん、私はヘイトスピーチをしないという事を前提に言っている。つまり多くの場合それでも媒体の禁止してくるものとは結局、偉い人、広告企業、訴訟可能性にすぎないのである。「文学に政治を持ち込むな」という事がむしろ、政治的なのだ。

マスコミ批判を始めて、もう二十年越える、むろん随分干された。

例えば、人生の一時期、私は文壇にいた。主流派の横暴に怒った人々の手で、ほんの数年、たまたま乗っかっていただけのそのラインからも、私は既に降りた身である。しかしこの戦いは止めるわけにはいかないのだ。書くべき事を潰す、それも「形式を整える」とか「内部事情は私的なものだから」とかそういう言い訳でそれを無くしていく？　私は許さない。つまり、そんな言い訳している奴こそが批判される奴だからだ。

なるほど固有名詞の排除、それでも批判は出来る、むしろそうした方が歴史的に腐らないし象徴的な悪を描く事が出来る場合もある。それは私もよくする。一方ここで固有名を出すべしという重要なポイントもある。どっちにしろ、黙っていてはいけない。

「ただ今回は固有名詞必要でしょう？　むしろ歴史的に風化させてはいけない、ああ、そう言えば前世紀にただ一度だけ会った田中三彦氏が、書評欄に東京電力の四文字を書けぬことを怒っていた。私は彼に会ったので『水晶内制度』を書いた。というと結局？　固有名詞は巨悪限定だからワセダには関係ないという話になるのかな」。

たかが一大学？　しかし早稲田がマスコミを形成しているのだろう？　ならばやるべし。

「要するに、君らの先生、指導教員を批判する特集ですな？　それむしろオーナーや学長の告発より大変かもしれないね、つまり雑誌でも一番批判がやりにくいのは、社長とかじゃない、むしろ現場の編集者だよ、しかもセクハラは、普通現場で起こるものだし」。


もう十四、五年も前、「早稲田文学」において、私の柄谷批判にかかった○○○○、それがYY君の手になる、私に対する最初の○○**（注・○○○○の下の二文字）**であった。それは柄谷と書かずに柄谷批判をしろという無理筋のコード、しかし「YY君と頑張って一緒に」クリアした。あの打ち合わせの時、勝田台駅前の店まで彼はやって来て、真っ赤な目をし、私が初めて見る当時最新式のデジタル録音機をまず翳した。「ふーん今そんな小さい録音機あるのか」、……当時の○○**（注・○○○○の下の二文字）**の証拠メール二通がまだ古いパソコンに入っている。残り一通はＸＰの中だ。

あの時はむしろ彼に感謝していた。〇〇（注・〇〇〇〇の下の二文字）も何も柄谷批判をさせるというそれ自体が大変な事だったたから。当時、誰もが彼を好いていたと思う。年上から見た「みんなの弟」。

「でもね、ＹＹ君て、けしてそんな人間じゃなかったと思うんだよ？　ただ、ああ、そう言えば私が文壇の選考委員を全部降ろされたあとで、パーティでものすごい態度を取られた、ていう覚えはある、その事を「早稲田文学」の戦争法案アンケートについつい書いたら、欄が少ないので削除された、しかしサイトの方に全部出すと言っていたけど、もし出ていなければそれが二度目の〇〇〇〇だね、(原注2)しかもあれ翌日締め切りで無料の仕事なんだよ、やれやれ昔柄谷行人、今度は渡部直己か、……その上ＹＹ君本人の批判も禁止とはな、しかし前の時は精一杯書かせてくれたんだよ本当によく、頑張ってくれた」。

公平な人だった、出来る限りだけど。そもそも、無理しながらも柄谷に怒られながらも、ＹＹ君は「早稲田文学」にその場を作ってくれた。『徹底抗戦！文士の森』に載っている論文だ。あの時、二人で物凄いやりとりがあった。彼はむしろ私にいろいろ情報をくれた。しかもぎりぎり朝の五時にファックスで送った初稿を見て、彼は電話口で悲鳴のように泣いて言った。「僕はこれが読みたかったんだ」って、柄谷よりむしろ私に寄って戦ってくれたと感じていた。しかし、学生相手だとそんなものなのか。

判ったとも。ぎりぎりまで来られなかったわけはもう判ったから。

そして彼らは、この特集において、要するに私のような女性の味方系メンバーをもっと何人も並べたかったのだ。それなのに？　ただ、やはり解せなかった。

でもね、なんでまたそのアニメ界の巨匠ってお方を知っていたのだろうかと？？？

するとたまりかねて、学生たちは説明を始めた。

「そもそも宮崎監督のインタビューなんてないも同然です、それは別にワセダのお力でもないし、先生が頑張って貰ってきたものでもない、もともとネットのユーチューブにあったものにすぎないのです。つまり普通に、動画を僕達が文字にするという事、それだけのもので、練習です、模擬特集といいます。だけど僕達はこんなおけいこ用の何の実態もないものではなく、本来はしたい企画を自分達で立て、先生方の許可は貰うけれど、オリジナルを工夫した本特集を例年、実行するのです。それが卒業制作になったはずなのです。なのに今回は本特集が、この模擬特集に差し替えられました。また、この宮崎インタビューを起こすという作業にしても、けして僕達がしたいと言ったものではない。この選択もその上の作業も、何もかも先生方の命令にすぎないのです」。

あの、四年間、大学で報道でも文学でもがんがん学んだ君達でしょ、どうしてただテープ起こしだけで卒業出来るわけ。雑誌自体は、良い創作が載るならいいと思うけど、しかも、さらに、……。

「宮崎監督については先生方から、本当に御本人のインタビューが取れるかもしれないと聞かされていました。これが証拠の板書写真です。しかし、それから二ヵ月、何の音沙汰もなく、思い切ってZZ先生に聞いてみたところ、お忙しいので断られたとあっさり言われました」

だったらもしかしたら、それ、まず滅多に取れないインタビューでしょ、じゃあ、模擬特集と称して、ただもう君達の告発に使うページを減らすために？

X君は言った「かも、しれません、……判らないけれど、ともかくこの模擬が四〇ページ、告発に使える枚数はせいぜい一〇ページです。(原注3) それでも、僕は、YY批判なしにはこの特集を出しません、YY批判なしには、卒業しません」

「よく言った、君達はジャーナリストになれ、そして戦争を止めるんだ」。

世界のミヤザキを妨害に？　使っているのかも、それ失礼すぎる。こうして、……。

彼らは大学の中で孤立するしかなかった。しかもクラスの外からは一切分からない形で、最初の提案をガン無視され、その後はあり得ないほどに期間を詰められ、形式を邪魔され、他の用を押しつけられ、ハンコずくめで監視されて……。

邪魔されて邪魔されて、当日もその告発のための日誌を書き終えてすぐ、黙って目配せし合いながら、どきどきしながら彼らはことを始めた（そこを引用する最後の日付）。

一月十九日（土）本日です。何か動きありましたら適宜報告いたします。

こうしてこの日誌のとおりに、「連中」の動きのない間に、警戒しながら彼らはここに私のところに来た。で？　この前の日付には何が書いてあるか、まとめて後述するが、要するに彼らが受けた妨害、言われた暴言。命ぜられた不毛な作業、不審に感じる休講、すべて教室の中において、そこに出席していた特集企画学生三名の証言の元に書かれた記録。

しかも学校の課題である以上この雑誌発行の企画、実行ひとつひとつに「上」のハンコが要る。すべてに許可を受けなおかつ、出来るだけ実態を知られてはならない。むろん向こうはもう疑心暗鬼？　なんてものじゃなくなっている（でも君らはやるんだね）？　私の執筆のために届けてくる資料でさえも、彼らは内密に調達し自宅から送付する。

彼らのいるコースの、彼らにハラスメントをし続けた先生二人に対抗するための証拠日誌。それでは全体の内容を簡潔に纏めます。

九月二十九日授業初回、学生が自己紹介に文壇のハラスメントを「蒼生」で特集したいと書く、次週、無視される。宮崎インタビューの模擬特集が一方的に通達され、以後打ち合わせ、プレゼン、学生の創意工夫なし、改善なしのままに、教員による講評。「インフルエンザかもしれないので」という理由の休講も入り（結局違ってたそうで）、しかし休講って普通補講しないのか（原注4）？研究室に集まってあとで一緒にご飯食べたりして（立教に特任教授でちょっと行っていたとき私はそうしていた）。

　まあなんというか、だらだらだらだらのらりくらりずーっとずーっと「させない」という形の邪魔が続きます。本特集の企画そのものを出させないという「環境設定」。中に二つばかりある暴言をここに。

　ZZZ先生「（教室で、彼らが妨害を越えて、ついに、笙野インタビューをやりますと宣言するのは十二月八日、その後十二月二十七日に先生はこう提案）名誉毀損訴訟が起こるといけないので個人名が書けない場合があると言っておけば（出席学生三名が証人）」

　あああ、報道は訴訟上等街宣歓迎でしょ？　書けない名前って誰、ご本人のはここに**（注・発表時全部実名**）。

　とどめこのインフル休講中に現れた**YY**君のセリフ「表現の制約を学んでほしい」

　おおお、昔私に学ばせたと言いたいのかえ？　それ話が逆だろう「マスコミに旅立つ早稲田の君達よ、さあ、表現の制約を広告主を越えよう、その方法を学べ」これが正解だ。

　というわけでこの二〇一九年蒼生、私の解説なしに読んではなりません。

そうしなければ、この雑誌はまるでＮＨＫニュースのようにつるつるのまま、全て民意を押しつぶし、我が国を戦争に導く非道の力となるから。

ＹＹＹ君、何しているのだ一体、私だって、たった五年だけど先生をしたんだよ、だから判っているよ、これ学生たちが自分の成果を示して、社会に旅立つための大事な企画だよね。

結論、みなさんこの「蒼生」の本当の特集とは何だったのでしょう、褒めてやってください！！！　それは彼らの、〇〇**（注・〇〇〇〇の下の二文字）**の陰で行われた戦いである。その記録をここに残しておきます。さて、もう戴いた枚数がないのですが、付記を二つ、学生さんたちに貰った資料もありますので、つまりこの特集の元になった事件とその反響についてですね。

付記1ところで特集的にはもっと渡部について書いたほうがいいのか、でも、もうページがないわい。しかもこれは一応報道されていた。だからこのパーツは小さい字でいいので載せてください。つまりこの事件武田砂鉄さん（元文芸誌編集者）や、「図書新聞」にて岡和田晃さんも触れていたので（モブ・ノリオさんは文芸誌でフィクション化して作品に取り込んでいた）。ただこれリトルマガジン（半分サブカル）「早稲田文学」を出している大学の中の事、やはりここは、一般の文芸誌よりも「早稲田文学」とかあるいはこの「蒼生」とかできちんと報道するのが良いはずである（だから頑張ったんだね彼らは）。

なんというか、……渡部を文学にも左翼の数にも私は入れない。まあマスコミではそのようにふるまっている人物、という事なのであろう。文壇？　彼別に芥川賞の選考委員とかやっていない、文学に嫌がらせをするために時々入って来るマスコミかつアカデミ、そういうコスプレ、なりすまし野郎である。

その他？　学校では役に立たない小説の書き方教えている人物。「群像」で大塚某と座談をやり一緒になって文学を腐して醜く嚙みつかれ無責任と腑抜けを晒しまくったセンセイ。結果私を激怒させ、私とあの元ロリコン業者との間で行われる第三次純文学論争のきっかけを作ってしまい、その結果も自分は知らぬぞんぜぬで、私の『金毘羅』を「惜しまれる」とか抜かし、ともかくひたすら無責任なよその人ですわい。要するに渡部は活字になるはずの対談の場で、文学全体を馬鹿にされながら平然としていた。何の当事者意識もない大馬鹿者である。その上で文学という「権威に逆らう」素振りの「反権力的な」評論を書き、文学を食い物に寄生しながら迷惑にも、教える現場には居続けていた。それで無責任なままセクハラをしていた、という事である。
（原注5）

とはいえ、私にはしなかったまったくしなかった、素振りもへちまもない。つまり私に何かやった奴は全員、たとえ同性であっても、告発しています。ところが渡部とはそもそも会わない。ただ一度、私にドゥルーズを教えてくれる「先生」に頼まれて止むなく対談した事があったけれど、向こうは天皇小説を論じていながら私の「なにもしてない」を忘れていたとか言って、それ以上に触れず、でもこっちは、その「なにもしてない」に既に名前を出さない渡部批判が書いてあるという状態（『笙野頼子三冠小説集』一六六頁）。そもそも渡部は最初私をぼろくそに書いていたのに、野間文芸新人賞を取る直前から、風向きを察し褒めるようになっていた。（原注6）対談の後にお互い平然と食事したが紳士そのもので、私がただ冷たい水が飲みたいと思っただけで、察してさっとそれを注文し目の前に差し出す、以前はパーティですれ違うとすごく人良さそうににこにこして「うまくほめてあげられなくてごめんなさいねえ」と言っていた（むろん、私がラインを降ろされると今度は黙殺してきた）。要するに、弱い相手にならやるのだろう。

しかしそれにしても、ああ、時は流れ、出してはいけない偉い人の名前までも、今ではなぜかしょぼくなっている。とはいえ被害者は女子院生、相手は男性で専任、こんな小物でもどんなに怖かっただろう、嫌だっただろう。

ちなみに文壇のハラスメント、もう本何冊書いている事か。さすがに十冊はないと思うが……お読みください。参照（『東京妖怪浮遊』『ドン・キホーテの「論争」』『徹底抗戦！文士の森』『海底八幡宮』『おはよう、水晶――おやすみ、水晶』等）

そして付記2でございます。

そうそう、学生が持ってきた福嶋亮大氏の論文、（原注7）つまり文学の名において渡部のセクハラを擁護するという、「文学の若武者」福嶋氏である。実は私この人と一緒に修士論文の審査をした事があるんですね。つまり、猫が死んだあと寂しいので立教大学の特任教授に行っていてですねえ、（参照『猫キャンパス荒神』）でもだからといって、元職場の同僚かどうかはともかくとして平気で書きます。学生たちはきっと批判すると思ってみせてくれたんですねえ、でも、批判？　無理ですよ。ていうか多分「批判にはならない」のでここに記します。だってそもそも？

　題名「文壇の末期的状況を批判する」？　それ、誰が言うのどの口で言うの？　そして「群像」の無断引用事件を取り上げていますね？　ふふー、まず、この題名自体意味をなしていない。文壇の定義、私にはありません。この人にはありません、そもそもこの人文壇について何か書ける資格ありますか、そう言えばなぜか「群像」の創作合評に出ていたの見かけたですけれど、そこで「文学の識者」になったんでしょうかね？　人手不足だねー。

　さて、群像新人文学賞にはほぼ四十年前まじものの無断引用事件がございました。この時点で末期的状況だったとしたら、すでに終わっています。そしてこの昔話宝島ライターの方々がお調べになっていろいろ書かれたようですが、残念ながら帰結さえ報告されていません。私は知っています。つまりそれがなければこの北条問題はいくらやっても無駄なんですなー。私？　関係者の承認があればいつでも書けます（書きたい）が。（ちなみに北条さんの作品は普通に苦手です）。というか、そこのあなた？　まさか？　渡部の跡継ぎなの？　つまり、そういうなりすましコスプレ不勉強で文壇関係者のふりするの止めてもらえませんか。その上女どもが文句言ったから文学が駄目になる？　へえ、お勤めの立教で女ってだれなんや、そこで研究室並べてたの、私とか平田俊子さん、もし仮に、賞歴見てくださいというと「ほーら文壇の権威主義」って来るでしょうけれど。そう言ってる時はたちまちサブカルなんですよね、だってここでは「文壇の末期的状況」なんて、どこの御大かと思うような文学者面で、ていうか普段は日本文学けなしていますよね？　その時々であっちこっち、まったくＯ塚ＡＧの跡も継げそう。

ちなみにこの方の渡部直己と懇意にも見える証拠ファイル、どーっさり学生さんたちから戴いています。まあそれはそれで別としてきっと自由に書かれたのだと思いますけれど、しかしどう見てもこの長文、直己のセクハラを庇うために別のところをあっちこっち叩いてみているようにしか見えません。あとこのネット記事がツイッターで批判を浴びた時、急に匿名アカウントが反撃に現れたのも覚えていますので（しかし当時はこの本文長すぎるので読んでいませんでした失礼）。

【原注】

（原注１）「早稲田文学」二〇〇五年一月号「反逆する永遠の権現魂――金毘羅文学論序説」（『徹底抗戦！文士の森』収録）

（原注2）「早稲田文学」二〇一五年秋号「緊急企画 安全保障関連法案とその採決についてのアンケート」のこと。ちなみに二〇一九年現在早稲田文学の公式サイトに削除前の原稿は掲載されていない。

（原注3）二〇一八年一一月一〇日（土）時点での教員による説明では、全体一一八ページ、うち卒論・創作パート七〇ページ、宮崎駿（模擬）特集四〇ページ、自主企画に使えるのは八ページしかない予定だった。主任の堀江敏幸先生に相談し、授業の現状を文芸・ジャーナリズム論系の会議で話してもらった後は、ページ数の制限がなくなった。論系の予算が出る範囲ならばある程度の伸縮は可能。つまり最初から八ページ制限に根拠はなかったということになる。

（原注4）二〇一八年一一月一七日（土）、教室でＹＹＹ氏は「本日は休講」「補講は一月に設定する」という趣旨の発言をした。しかし大学側から公式の休講連絡メールが現在まで流れていないことから、そもそも休講の届け出が為されていない可能性がある。一連の事件で訓戒となった教員Bは「事前に所定の届出なくしばしば授業を休講にし、或いは遅刻するなど、所定の授業回数および学修時間を確保できておらずシラバスどおりの授業運営を行っていなかった」〈https://www.waseda.jp/top/news/61256〉らしいが、ＹＹ氏の今回の授業運営もまた問題化されるべきだろう。

（原注5）「群像」二〇〇二年三月座談会「言葉の現在――誤作動と立て直し」渡部直己・大塚英志・富岡幸一郎

（原注6）「忘れていた」発言については渡部直己『現代文学の読み方・書かれ方』（一九九八年、河出書房新

社）二八八〜二八九頁を参照。また渡部氏は『〈電通〉文学にまみれて』（一九九二年、太田出版）のチャート式文芸時評で笙野作品を四度取り上げ（「イセ市、ハルチ」「なにもしてない」「アクアビデオ――夢の装置」「背中の穴」）、「背中の穴」以外を酷評している。『不敬文学論序説』の文庫版に収められた付論「今日の天皇小説」において、かつて酷評された「なにもしてない」が取り上げられるのは二〇〇四年になってのことである。

（原注7）福嶋亮大「文壇の末期的状況を批判する」（REALKYOTO）〈http://realkyoto.jp/article/fukushima_bundan/〉（二〇一八年八月一八日公開、追記八月二一日公開）

反逆する永遠の権現魂

——金毘羅文学論序説

解禁要素

これは「蒼生」裁判の副産物、今まで書けなかった実名（＝柄谷行人『日本近代文学の起源』原本・講談社文芸文庫版）が判決をきっかけに書けるようになったと判断して解禁しました。

当時これを早稲田文学に発表した時は柄谷行人氏の実名を出した批判が出来ませんでした。その後も、いろいろ訴訟を避けようとそのまま実名をぼかして発表していました。なので本に収録した時も最初にこのような注釈を付けていました。――柄谷行人氏の直接批判を目的として書いていたのだが、批判対象である柄谷氏の講演録は編集部のＹＹ氏が柄谷氏との師弟の信頼関係に基づいて渡されたもので、直接の批判を募集したり、要は釣りや煽りにつかわないという約束があった。そのため、釣られて反論を書いた私は直接に柄谷氏やその著作の名前を出す事が出来なくなった。しかし武蔵野の引用を見ても判る通り、また早稲田文学のようなマニアックな読者のいるところなら「風景」、「切断」と書いてあるだけで一発で判るようにこれは「日本近代文学の起源」を念頭に置いたエッセイである。――ところが今回、……。

「蒼生」でこの柄谷批判が実名で出来なかったという件も相手方が争ってきましたので証拠を提出し、取り敢えずそうした事実があった事を認められました。つまりこの部分はもう裁判にはならないと判断し、実名でする柄谷批判に改訂したのです。

この時私が出した証拠は編集側のファックス、原稿に入ったアカ、保存したメール等、十数年前のものばかりでした。論争関連ならば私は出来るだけ保存しています。

文中これを解禁したところは太い大きい字になっています。大変少しの改訂ですが、何よりも柄谷行人を実名批判に戻せた事が嬉しいです。

謹告、――この文章は最初、一連のドン・キホーテ的「論争」文として、つまり個々の批判対象に対する、罵倒、告発の一部として書こうとしたものでした。しかし個々の敵達を越え、西洋哲学を使った文学評論を乗り越える文を示すべきと思い（**注・本当は実名での柄谷批判が出来なかったというだけ**）、特定の固有名詞等を排除した上で論争文と独立させ膨らませる形に仕上げたものです（**今回はその固有名詞を元に戻しました**）。

副題に「序説」と書きましたが評論ではなくて単なるエッセイです。金毘羅がもし文庫になるようであればそのあとがきに付ける事も出来るのですが、多分そうはならないという予想の元に来春の論争纏め本（参照二三四頁）に取り敢えず入れます。つまりこの「序説」というか序章の本文にあたるものが小説、金毘羅、という構造になっています。

実作者が最近の哲学を使った評論の実態にある種の限界を感じて疑問を呈し、新しい方法を提示したもの、と読む事も出来るし、また作家や一般の読み手、現役の多くの評論家達が、既に自然にいくらでも使っているごく普通の読み方について、哲学の方法と実は並立するような意味と流れのあるものなのであるという事を、なんとか説明しようとしたものとも読めると思います。つまりそのような説明の欠落こそが実は今の哲学的批評の困難の原因となっているからこそ書いたわけで、敢えてコロンブスの卵、を立ててみたというだけの事です。

ここ数年間特に、必要に迫られ、後世腐ってしまう部分がある事を自覚しながら、現在に即効性があると信じた論争文を小説と平行して書きつづけてきた。その間、批評の世界の流れについて考え続けてきた。

女性の文学が勝手に傍流とされる事や文学を国家との関係でだけとらえる批評ばかり目についてしまう事や、文学作品の中の宗教性が黙殺される事をどう考えてもおかしいと思いながら、そうされる理由にまでは思いいたらなかった。その他には、例えば一般読者が常識として知っている古典の知識、日本の風土について等、知らない評論家が知らぬままに批評を書いてしまう事に苛立ったりした。

またここ何年かいくつかの文学賞の選考の中で、コマーシャルフィクション的な幻想と切実で人間的内容に基づいた幻想との区別を行ってきた。選考の過程で、小説の中の幻想シーンについて単なる空想として否定したり、また安易な妄想を垂れ流しているものを批判したりしてきた。九〇年代フェミニズムやアヴァンポップが二一世紀に入ってから微妙に反動化され、商品としての価値しか持たないものに作り替えられ、それが自称文学の仮面を被って出現して来る事にも呆れはてたりした。個々の例はあくまでも一応の参考としてだが、今までの選評とその作品を見ていただきたい。いくつかの新人賞の選考をする時にそういう作品に何度か立ち会った。それを否定する事が私の仕事だった。

様々な疑問を感じながら私は細々と書き続けてきた。時には純文学の変容点にあたる作家と呼ばれながら、それ故にか微妙にスルーされたりもした。その一方で身に余る絶賛を受けたりもした。一昨年は水晶内制度、昨年は金毘羅という、どちらも五百枚程の小説を完成させ発表した。そしてある事実に気付いた。

褒めるにしろけなすにしろこの二編の小説をまともに読むことが出来たのは、西洋哲学の方法論以外のコードを使った読み手だけだった。批評の流れについて考えるしかなかった。というより、自分が金毘羅を完成させた時にそこから確信を持って、批評というものを逆算しはじめた。

昨年文學界八月号の時評で、この金毘羅は公的コードだけでは読めないという前田塁氏の指摘を受けた。しかしそれは私の作品に対する批判ではなかった。カントの公と私という概念と哲学のコード理論を組み合わせて小説全体を論じようとした時、私の小説は現象として外に出てしまう、という意味らしいのだった。また前田氏は最近の私の小説が文壇でスルーされがちであるという指摘をもしていたのだが、それが一面の真実であるとは認めながらも、一方でその危機感は前田氏自身の、つまり西洋哲学を日本文学理解の中心に据えて、文学をとらえようとする側の危機感に過ぎないのではないかという感想も持った。

確かに金毘羅は読みやすい小説ではない。しかし決して誰も読めない小説でもなく。活字になっている書評の一部だけでも数誌にわたる。そもそも、記号論は万能ではない等の見解を持つ菅野昭正氏に取り上げられ（すばる二〇〇二年一一月号）、町田康氏からもネットで評価された。つまり、そんな金毘羅が西洋哲学の方法論では解析出来ないらしいという事なのである。画一的なやり方だけでは、読めない小説があるのかもしれない。

哲学の原理はその象徴性故に多くの事実を包括するのに有効な場合がある。しかし、物事の具体性特殊性が命である現実に適用した時、その一面しか切り取れないケースがある。切り落としてしまう部分が実はその事象の本質或いは特徴であるという事態なのだ。

とはいえ具体性特殊性、というものにだけよりかかって文学を論ずるという事は時に誤解をまねくのでそこを今回は書いておきたい。決して膨大な資料を並べたり宗教史の専門的な解釈をするつもりはない。ただ金毘羅を書いた人間として思うところを述べている。

現代日本文学の個々の作品について、「ひとつひとつ違うから原理はいらない」という言い方は時にひとつの物事をあまりに特別視してしまう危険が出てくる。しかし個々を論ずる、微妙な差を大切にするという問題の構造を言えば、まず多くの錯綜した現実があり、個々の作者が引きずっている歴史の層があり風土性があるという事実がある。どのような微妙さも新しい可能性を含んでいるという見方をしてこのひとつひとつを丁寧に見ていくという考え方もあるし、またそこまで極端なやり方でなくとも、これをただ国家制度との対比というような図式にあてはめて論ずる事の限界という問題もある。もしも同じ傾向の作品が続けて登場した時は個々の作品を論ずるタイプの評論家も、その相似点を取り上げる事はあるだろうが、全ての小説を俯瞰する方法がどこまで有効かという疑問を出しておく。

しかしそう書くと、——些細な個人の特徴等どうでもいいという考え方も哲学の方法からは出てくると思う。とはいえもしその些細な差というものが実はその西洋哲学に対抗する程の大きな流れを源として現れたものだとしたら、そこには西洋哲学とは別の構造があるという事になるのではないか。西洋哲学で見て「些細な、ばらばらな事たち」に過ぎないものが、実は日本文学の側から、というより日本文化の側から見たら「大きな、系統立った」流れの中にあるという隔たりである。そして日本の場合実はそのような西洋哲学との対抗思想が、今の金毘羅のようなSF性をも含む文学の中にも存在しているのである。それは、外来宗教である仏教を核にして形成された日本人のある典型と言える。神仏習合という中世に代表される宗教意識のあり方である。これが今の日本にもあるという事だ。というより金毘羅を書きながら、西洋哲学の人々なら退行とか狂気に分類してしまう、私自身の精神のあり方を覗き込みながら、これが日本人のある典型を表すのではないかと考えていた。

というのも、日本の神仏習合は決して島国特有の偏ったものではないからである。独自の発展を遂げている事は確かなのだが、他国でも似たような習合がある。中国では仙人と仏が習合し、インドでもヒンドゥー教等似たような習合がある。それ故単に特殊事情として軽く見るわけにもいかないのだ。

そもそもキリスト教にも似たような現象がある。但しキリスト教における習合とは三位一体であり、キリスト教側がケルト、ゲルマン等の土俗を吸収した形となっている。このために土俗が見えにくくなり、時には悪魔という極端な形になってしまう。

キリスト教文明について、私などが何か言う資格はないかもしれない。しかし、西洋で見えないものが東洋で明治以前に現れていた。それは西洋との差であり日本の文学の可能性ではないのだろうか。金毘羅で天狗の翼を黒、と私は書いたが、決して悪魔という事ではない。幻想や祈りが一つの神に吸収されないで個人の中に善き形で残ったという事なのだ。そしてそれを国家神道の神仏分離によって隠したのが明治政府である、という解釈で金毘羅を書いた。

但し、いきなり宗教だの金毘羅だのと言われると頭がこんがらがってしまう方がいるかもしれないので、ここで少しこれらの件について判り易く説明する。今から参考にし、引用する資料は金毘羅の巻末（集英社版単行本）にあるのと同じものだ。特にここでは岩波新書の『神仏習合』

義江彰夫氏著を多く引用する。

まず、普遍宗教という聞き慣れない言葉である。これは基層宗教という言葉の反対語であり、宗教を分類する概念である。

例えば仏教が普遍信仰であるのに対し、原始的宗教としての神道は基層信仰と呼ぶ。発生時の仏教は呪術性を徹底して排し、個人の内面の苦悩を救うものであった。一方元々の神道とは地域性の強い呪術を旨とする共同体信仰というものである。日本の王権は最初のうち、この共同体的な呪術信仰を大規模にしたような神祇信仰、古い神道しか持っていなかった。しかしそこに外来の儒仏、特に仏教の思想が導入され、神道は国家に相応しい存在となろうとする。「普遍的で思想的な文明体系」を志すのである。

仏教伝来まで、日本の王権には正確な意味での思想的体系はなかったと言われている（『神仏習合』より）。外来の儒教、仏教がそれを可能にした。例えば、古事記、日本書紀におけるイザナギ、イザナミ、国産み等の「基底をなすモチーフ」はたしかに日本独自の、というよりも多くの未開な文化と同列のものであるが、しかし、その神代神話の中枢部分にある「ケガレ」概念は仏教の罪に対抗する概念として導入されたものであるとみなされている。

また八世紀半ばから九世紀半ば、神が仏になろうとするという趣旨で、神のための寺、神宮寺も建てられるようになった。それらを説明するためには律令制の崩壊に遡るしかない。日本の私有、富の蓄積は律令制の崩壊を呼び、それと同行して仏教が広まったのだ。

金毘羅に書いたように、富の蓄積や律令制の崩壊とともに仏教はまず持てるものたちによって受容された。もともと始めたのが小国の王子、カピラ城を将来所有するはずの王子ゴータマ・シッダルタである。つまり仏教の内面は所有によって発生したと説明する事が出来る。これが基本である。

もともと日本の基層信仰と呼ばれる古い神道には来世や深刻な罪悪感を伴うこういう自我はなかったが、これは富の蓄積が不可能だったためであり、それが可能になった時、所有という感覚から自我が生まれた。そこに仏教という思想が求められ、受容された。日本に伝来した仏教は解脱だけではなく、寺院の建立等で来世成仏を保証しつつ現世の利益を肯定するという教理を持っていたため、未開の神祇信仰を凌駕しそうになり、そのため、王権はこれをコントロールするしかなくなったのだ。というのも王権の神祇信仰は実は徴税のシステムを支えるための呪術を核心に持っていたからで、もし仏教の方を信仰する豪族が増えれば、王権の税を支える呪術性が弱体化するからであった。所有と自我のある豪族は自分の村の神を仏にしようとし、神宮寺を作り神前読経をし、徴税する王権を無視しようとする。そこで王権は仏教をコントロールしそれと神祇信仰を調和させようとする。

つまり、王権の支配の構造に自我、所有というものが反逆するようになった。所有という制度はおおざっぱに言えば下部構造であり、仏教が上部構造である。この仏教的自我と神道共同体とのせめぎあいの中で神仏習合が行われ、神道は常に仏教の思想、自我や来世をとりいれて発展して行った。

この信仰形態が「近代に及ぶ日本の社会の精神的核をなす宗教の構造（『神仏習合』より引用）」である。今時の作家さえも執筆の時にも立ち向かわざるを得ない内面の起源、とは歴史的に言って、律令制の崩壊期から広まり始めた外来の思想、仏教にある。

例えば源氏物語とは男女の関係を描いただけのものではない。仏教思想という当時は最先端の世界観、死生観に貫かれた構造的な世界を描いた作品である（全編にわたる無常観等）。内面がないなどというものではない。また和泉式部の詠んだ

暗きより暗き道にぞ入りぬべきはるかに照らせ山の端の月

という歌は決して**柄谷行人氏**から「花鳥風月」と纏められるような表層ではなく、仏教的自我の表現である（代表作かどうかはともかくとして）。

というように、習合のあり方が違う日本でキリスト教が圧殺しようとしたものが近代以前に生きていたのである。そしてその後、明治政府が同じようにして西洋化しようとしたはずの世界が

実は文学の世界に残っていた。それを読み解くコードが西洋哲学一通りでは困るという話である。但し、——。

誤解されると困るので一言言っておくが、私が論じたいのは、西洋と東洋の差についてではない。また中世に帰れと言っているのでもない。右翼でもなければオカルトでもない。一部評論家の使っている西洋哲学と今の日本文学の接続の悪さというテーマを語っているのである。つまりもし西洋と東洋の個人がほぼ同じものと乱暴に仮定したところで、一番難点になる問題はなくならないからなのだ。

それは今までの近代文学における、私、「内面」、についての理解の欠陥である。

自我の問題を論ずるに際して明治政府を起源に近代的自我なるものを最大のポイントとして語ってしまうと、いくら**柄谷行人氏が**その近代限定部分に「内面」、「自己」、「風景」等のカッコを付けたところでそれこそ近代文学者の多くの内面、自己、風景、を語り落としてしまう**わけで、つまり『日本近代文学の起源』**は日本政府が意図的に拵えた徴税オカルト含みの近代国家を、西洋の近代国家と同じようなものとして論じている、という事だ。

そもそも日本人の「内面」を語るのに明治期から語り始めても意味はない。そんな「内面」よりもはるかに重要で大きい内面についての起源が宗教史的に存在しているから。しかも政府がなぜ近代にしたかったかというとそれは科学と強い国家が欲しかったからで、別に個人のために近代的自我を授けてくれたというわけではない。

無論、近代に生まれた以上近代人なのだから、また現代なら現代人に決まっているのであってそれ故それ以前の事はまったく関係ないという言い方は出来ると思う。

しかし、近代の政府がその西洋化政策の中で、意図的に隠して来たものが野に残っていて、それがむしろ日本人の精神的な内面を形作ってきたとしたら、近代、現代という概念の真相について考えてみるしかないはずである。

というより、日本という国家が形成されてしまったからと言って、その国家との関連からだけで人間の内面を語る事に限界があるのではないだろうか。**『日本近代文学の起源』のように**明治政府から全ての根拠を語り始めるのは無理がありすぎる。

そもそも明治政府が導入しようとした西洋の科学が一神教の前の真理という大前提を持っている事から見ても、多神教から国家神道（一神教ではなくとも、国家の統一のため、近代化のために錯綜していない神を必要としたのだ）を導かなくてはならなかった故の近代化で、むしろそこからこぼれ落ちたものの方にこそ、大切な人間的内容が含まれていたという可能性はある。

なのに、『日本近代文学の起源』を信じ、内面とは近代の産物であるという考え方だけで小説を読もうとし、或いは近代的自我という言葉だけで全てを解釈しようとし、または八〇年代の空虚だけを守ろうとする事は歴史に背いている。そのような輸入した西洋文化にしかベースを持たない根無し草的な視点から見れば、中世日本の魂、つまり仏教的内面を描いたり、国家からはぐれた場所から物を見て書いたりする人々の小説はサブカルチャーという事になってしまう。しかしそれは自分自身の中世的内面の歴史性を、或いは仏教的自我の世界に通用する普遍性から、目を背けているだけの態度である。

描くべきものが自分自身の外から来る状態、言葉以外のものからもたらされる状態、それに目を向けなければ、ひとつひとつの言葉の必然性は判らず、組み合わせの違いや微妙な差異を個人の集大成の差として味わう事は出来ない。つまり**柄谷氏やその優秀な弟子達**はそのような見解しか持てない程に、未だに明治政府の掌の中にいるだけなのである。彼らこそまさに明治政府の手によって社会から切断された、閉じた存在である。彼らがひとつの小説からストーリー、西洋的な構造しか読み取る事が出来ないのも、社会に対する違和感を感知する能力を断たれているからであり、或いは望んで断ってしまっているのである。

ここで、これはまさに私見だが、個人の肉体の中で、この習合、カッコなしの内面が具現化したものこそ、修験道ではないかと私は言いたい。理論よりも肉体や体験から信仰に迫るこの魂のあり方は、明治維新以後の神仏分離の流れに沿って発せられた「修験道禁止令」によって抑圧された。

国家に属しない人間はない近代において、仏が神の姿で権（かり）に現れるという権現の姿を感得し、また県境を越えて山を渡る修験者は、国家に対する反逆者としての心と体を両方持っている存在である。明治の神道はキリスト教があたかもケルトとゲルマンを精霊の形で三位一体化して吸収したかのように、日本の中世、権現を回収してしまったのだが、実は西洋の近代国家とは違い、その芯にオカルト的な基層信仰を隠していた。というのも国家神道に普遍信仰を取り入れたところで神道の儀式性呪術性は残っているのだし、仏教の哲学性も国家神道の儀式性の下においてしまったからだ。加賀乙彦氏によれば、一部のプロテスタントの抵抗を除けばキリスト教も仏教も、第二次大戦下で顕著な反戦行動を取る事は少なかったそうだ。明治政府成立期から在野の宗教は国家の下に置かれていたのである。

修験道の禁止は、迷信を払拭するという見地で見れば近代化の役にはたったかもしれない。しかしここに西洋思想だけを注入されて、肉体を失った人間観が生じたのではと思う。欠落した系譜を西洋の、というより、杓子定規で創造力をかいた文学論に乗せれば、多くの作家が見えなくなってしまう。

江戸と近代を対比させて、江戸の絵画と近代の絵画を比べ、近代には肉体があるが江戸にはない、という見解がある事は知っている。しかし、肉体とはただ西洋医学の解剖や肉体を描く事だけではないのではとも思う。宗教的感覚、皮膚や現実の中に、また身体の業と解脱の同行するところにも、西洋と違う、また絵画を越えた方法で肉体は存在しているのであり、それは江戸ではなく江戸以前である。宗教的に言うと、もともと国家神道以前の権現信仰が問題なのだ。
例えば、村上龍の『限りなく透明に近いブルー』に仏教的無常観や、山中の山伏の反国家的な立ち位置を見いだす事が出来れば、**柄谷氏のような**今の文学は町人、という、江戸だけしか視野に入っていないような人間観は吹き飛ぶだろう。というより町人文化が世界宗教や独自の身体感覚を持っている事を理解出来るだろう。
山を走り、国家や近代の境を越え、体と精神が一体化して動く修行者のこの系譜を、私はよく若い作家の中に見いだす事がある。そのような文学作品と、単なるオカルト商品小説の区別を選考の時に出来る限りしてきた。星野智幸も赤坂真理も、その皮膚感覚に注目すれば私にとっては肉体と思想を同行させている作家という事になる。星野氏には反権力的な視点があり、しかしそれ故に時に反権力的図式の上を滑ってしまう傾向がある。赤坂氏は恋愛を中心に据える時に国家が要求する女性役割を演じそうになってしまう場合がある。しかしどちらも身体感覚に基づいて書く作家であり、体が思想になっているという事は文体の密な部分を読めば判る事である。

私の舌の表面を唾液が流れ落ちていった。(中略) 想いや細胞のざわめきのノイズが束ねられてひとつの方向に立ち上がる。私たちを包み、私たちの皮膚を振動させる音はすべての生き物をつらぬき地に留めおくような、雨。

——『ミューズ』より

――皮膚感覚から生命の普遍に至ろうとする「密教」は無論、終始官能を圧殺する権力に阻まれるのだが。

星野氏の場合は国家が隠したものを幻想で表すのに筆力を使う。引用は短編「ハイウェイ・スター」。権力の押しつける「自然」をさらに「ナチュラル」と言い換える閉じた愚民社会のディフォルメである。

穴の表面という表面には、金色のウジ虫のように上半身裸の男や女たちがへばりついて蠢いていた。（中略）壁面には段々が細かく刻まれ、各段を結ぶハシゴがあみだくじのように掛かっていて、泥の詰まったバケツを抱えた人が危なっかしいバランスで昇り降りしている。

――「ハイウェイ・スター」より

彼らだけではない。九〇年代作家の多くは権現的と言える。

もしこのような傾向の作品に安易に判り易くするためのストーリーを導入したり、或いはまた亜流の作家がこの二人の身振りだけをまねして「科学」的説明のある超能力等を書いたりすれば、それこそ野狐禅を解脱と思いこんだ、商品的なオカルトコマーシャルフィクションが発生してしまう。またその一方もし彼らが、西洋の図式にからめ捕られている癖に延々と皮膚感覚だけを書いて反逆したつもりになってしまえば、テーマと文が乖離した作品が出来るだろう。悪い例についていちいちここで挙げても仕方ないと思うが、田口ランディ氏の『コンセント』は中に非常に生生しい描写もあったものの、野狐禅を客観化出来ないままに今の純文学的幻想シーンがまずく取り込んであった。オカルトコマーシャルフィクションと思う。

また、このような修験道的作品の対局にあって、どろどろした内面と無縁の作品も、あながち西洋的と断定してしまう事は出来ないのだ。例えば中村航氏の『ぐるぐるまわるすべり台』について、私はふわふわしたフリーター小説とは思わなかった。乱世を生きる人間が茶の湯を一期一会のものとして大切にするように、主人公が音楽美や数学美に縋る様子、また有能でありながら「定住」を拒みつつ糧を得ながら、何かに、ある心境に向かって進んでいく有り様は巡礼や托鉢僧を思わせたからだ。

そもそも乱世という言い方は今でも通用する。けして不謹慎ではない。

例えば、大量死の前に個々の人間の存在が無効になる、などという論説がある。しかしそれは人間の価値を客観的数量だけで図る不完全な考えに過ぎず、何よりも大量の死というその大量が人間の主観の中でどう捕らえられるかという問題なのだ。日本人の美意識や思想が乱世の無常観から発している事。例えば応仁の乱等のその「大量死」を芸術や文化で乗り越えてきたという歴史である。死者と生者が語りあう能を乱世の大名たちは死と隣あわせのままに受容してきた。主観の問題、現代に飛べば、不謹慎かもしれないがペットロスでさえも時には無常の風をもたらすものだ。

但し修験者同様、この巡礼の魂も単なる活字商品に侵犯されそうになる場合がある。音楽美や数学美自体が目的化し、単なる享楽に堕し乱世に対する緊張感を欠くケースである。消費が乱世の中で自己を守ってくれるというような小説を書いていても、中に描かれている消費の様態自体が、既に国家に洗脳されたものである場合等は判定が微妙になる（例えば主人公が客観化できているかどうかという点で）。

消費と文学を結び付けて論ずる文芸批評で、しばしば誤解されるのは消費の前提にある「消費する自己」の存在と言える。つまり消費する自己自体が本人の所有物なのだという事。また、消費より所有の歴史ははるかに長く歴史の根底にある。

日本でもし資本主義を越えるとしたら、そこでまず必要な条件はこの律令制崩壊時に発生した、所有する私、そしてその上に構築された仏教的自我を越えるという事ではないだろうか、それらをもし哲学で論ずるなら**柄谷氏が言う**通貨や共同体の問題というような皮相なレベルではなく、それこそ個人の解脱の問題として語るしかないのではないか。仏教ならば捨身飼虎ですらブッダの前世に過ぎない。肉体を捨てなければ所有が越えられないというところまで宗教が既に論じているのに、それよりも皮相的な考え方は**例えばNAMなどは**野狐禅ではないか。

とはいえ、文学のテーマで野狐禅が悪いとは思っていない。金毘羅はまさにこの野狐禅の話で、ただ主人公は金毘羅になるという考えを自分の妄想として把握している。つまり、野狐禅の限界を知った上で客観化する事により、個人の中の、具体性が命であるような存在に関して、仏教的自我の問題をあつかっているのである。それは戦前よりも宗教が隠蔽されてしまった戦後において、一層新しいテーマになるという自覚の上で書いた。金毘羅は近代自我の殻の中にあったものとも判りにくいものが、その自我の殻を破って飛び出てきたものだ。が、普通に読めば読める。それを評論家がいちいち読めないと言っても仕方がないだろう。

何よりも世界宗教とは、別に、**柄谷が言うように**世界に「広がった」からという理由だけでそう呼ぶのではない。各地の土俗、各国の諸事情を越えて、あちこちの国でそこの土地の宗教と習合出来るような大きな構造、包容力を持った抽象性の高い、普遍性のある、思想に基づいた宗教の事と考えるべきなのだ。つまり世界に広がるだけの理由を持った宗教が世界宗教。宗教史の方で言う普遍信仰が、各地の土俗と習合した結果世界宗教と呼ばれるのだ。

その哲学性で、また経済、社会の発展という必然の故に、仏教は常に日本人から求められ絶えず神道を脅かしてきた。民衆宗教叢書の『伊勢信仰Ⅰ、Ⅱ』を読むと、神道の歴史とは常に仏教の思想や体系を取り込む事で国家に相応しい宗教として発達した歴史である。同時にまた、その神道が国家宗教として仏教的自我の回収を図って来た歴史である。御霊信仰のように、仏教的自我から発した、多くの場合所有絡みで発生する恨みや怒りの感情を、御霊会等を使い、共同体の神道的呪術で宥めてしまう行為等がまさにそれである。

明治以後の言文一致体の制度のただ中に私と書く時、そこに仏性が、というか権現の神仏習合の魂が宿らないという証拠はあるのだろうか。野にある、人間の手が修験の身心でそれを書くというのに。

その魂は戦後に育った私の中にさえあったのだと金毘羅を書く中で確信している。基層信仰的共同体と、仏教的自我のせめぎあいの中で主人公は育ち、古代から崇められた鳥羽湾や朝熊山の景色さえも、素朴な信仰の体感と共にあった。それを丹念に辿っていく時、伊勢という神領からでさえ仏教の痕跡が洗い出されるのだ。私、という言葉は空虚ではない。それこそがカウンター精神を含んだ永遠の言葉である。

近代、哲学はその合理性で神学の頑迷を打ち破る役目を果たしてきた。但し打ち破る、という事は宗教の存在を前提とした行為である。理性で宗教の腐敗を批判する事は出来ても、人間の中にある宗教的感情を完全にコントロールする事が出来るのだろうか、また死に瀕した人の前で哲学が完全に有効と言えるだろうか。別に哲学が完全である必要はないのである。ただその限定性を判った上で適用出来るものにだけ適用すればいいのだ。

昔の素朴な宗教に立ち返る事は出来なくとも、人の中には祈りの問題が残ってしまっている。けして愚民だけが祈るのではない。死や運命の前に人は祈る。自分の中にある不合理な心の動きや祈りの感情を自覚しない人間は結局、インチキ霊能等を科学扱いにするのではないか。修験や禅の伝統の中で、魔境や慢心は排除されてきた。しかし科学的であろうとしながら自分の中の感情を排斥すれば魔境に対する抵抗力もなくなってしまう。

元々西洋の科学とは一神教の神の前の真理という意味で、宗教と西洋の科学も実は切り離せない。哲学には宗教を越えるためのツールという意味もある。

同時に日本人の意識について言えば、西洋の考えを導入して作った近代の制度というものも、中世を越えるツールにすぎない面があったのではないだろうか。

西洋哲学が普遍的な原理であるかどうかはともかくとして、それ以外に日本文学の中を走るものがある。そこには宗教がある。西洋哲学をつかうものがキリスト教を体感していない事に問題はないのか。ただ単に便宜でしかない近代の幻にまだ呪われているとしたら不幸な事である。

もしも大量死の前で個人や文学が無効だなど誤解するのならば、むしろそういう死の前で哲学というものが本当に人間の理性に深く根を下ろしたままでいられるかどうかの方を疑問に思ったらどうなのだろう。理性的な考えは宗教の堕落腐敗を打ち破り、差別や迷信を排除する事に有効だったかもしれない。しかし打ち破ってしまった後に残る個人の内面、まさに仏教的内面、権現魂に、哲学は何をすればいいのだろう。哲学を否定してしまうわけではないが。

ここまでごく普通の事ばかりを書いた。しかしこれは原理的であるというよりも常識程度の事だ。とはいえ歴史、宗教について何か間違った事を書いたかもしれない。ただ、金毘羅から逆算してこれを書いた。評論の欠陥をなんとかしたかった。同じような疑問にとらわれている人も多いはずだ。例えば次のようなケース。

少し見ただけでも丸谷才一氏（朝日新聞二〇〇四年一一月一〇日付夕刊）と田中和生氏（群像二〇〇四年一二月号）が最近よく言われる印象批評等の弊害について論じている。印象批評の弊害は小林秀雄、という説も聞く。しかし彼らはその弊害について構造から根底から問題にしているわけではない。田中氏にしても「風景」、「内面」等の今までの概念を使い、そこにまたラカン等の名を出しながら文学を論じていて、しかも近代文学という枠組から離れたところで文学を論じようとした時「古代」というような曖昧な概念を出してしまう。

無論私にしたところで実作の実感からしか語っていない。宗教については本を読んで纏めただけで、しかし自信があるのは多くの現実や夢日記も使いながら小説を書いていろいろ符合した部分である。それ故最後にはまた実例を出すしかない。**『日本近代文学の起源』を批判するた**

めにである。引用は独歩の『武蔵野』から（**＝柄谷批判という事で引用している**）。

――一座の林の周囲は畑、一頃の畑の三方は林（中略）こゝに自然あり、こゝに生活あり、北海道の様な自然そのまゝ大原野大森林とは異て居て、

そんな自然をどうして自然と呼ぶのだろうか。自然、と書いた独歩のこの言葉に自己欺瞞はないのか。多くの山や林には、入会権等もある。もしもたまたま独歩の見た自然とやらが一区画だけ奇跡的にルソーの見た雪山のような自然だったとしても、それが他の多くの、律令制崩壊以後の、私有に呪われた土地に適用可能なのか。風景とは名所の集積ではない。所有の地層である。

独歩と拙作を単なる権現性の比較から並べて見る。独歩と並べて偉そうにしたいわけではない。単なる比較として、**『日本近代文学の起源』を批判する観点からやってのける。**

――そのあたりには家は殆どない。夏には低木にびっしりとヤブカラシが繁茂している。冬には濃い緑に混じって野生の南天が（中略）道路を行く人の話し声が聞こえる程の脇道に過ぎなかったが、（中略）山道を行く感じにはなった。

――「大地の徽」より

私の自然は「感じ」に過ぎないのだ。自分自身で勝手に逃避的に切り取っている。もうひとつ、このようにして切り取った風景が森や山それ自体である必要はない。

花瓶の縁に止まってチラチラと燃えている灯火の滴、
　　　　　　　　　　　　　——森茉莉『贅沢貧乏』より

ここにあるのは消費ではなく仏教的所有、景観の私有である。独歩の自然とは共同体からの離脱願望という仏教的自我の産物ではなかったのか。西洋化は明治個人の自由になりたいという願望を叶えると同時に、その自由な個人を国家が直接に取り込む、支配するという目的に時には使われてしまう危険なものでもあった。近代は個人を因習から切り離すのに有効だったかもしれない。しかし、そうして自由になった人間の内面がもしも維新のリセットによって真っ白になってしまったというのなら、もともと、そういう人間は国土も家族の軛も古墳も天皇制も差別問題も一切見ておらず、またそうした苦しみの中で中空に美を出現させようとする祈りも持ちようなく、ただただ文学と縁のない軽薄な存在だっただろう。むしろ、そういう空白とは八〇年代のものなのではないだろうか。

結局、近代の「内面」とは水をくむ容器のようなものであった。その中には仏教と土俗混合した、つまりは唯物史観的な見地からでも保証出来る内面の水が入っていた。

そして今や、フェミニズムや仏教の器でもそれはくむことが出来るようになった。女性文学の多くを「古いルサンチマン」と称して批判した評論家こそが客観性を欠いた野狐禅であり、また意味のない言葉の羅列と彼が感じるものこそ、実は仏教、フェミニズム、土俗、等のコードで構造視出来るものであった。

現状、個人が国家を越えることは**けして柄谷氏が言うような**江戸時代と対比されるべき状況ではない。乱世の武士高山右近が領土を捨て（つまり上部構造が下部構造に勝っている状態で）キリスト者として海外に追放される事を選んだ状況にも似ているだろう。だからとて、中世と同じという事でもない。

国家神道が宗教ではないというその設定は現在に至るまで続いている。その国家に対比するのは江戸ではない。国家対乱世と考えれば、近代と比べるべきなのは中世である。江戸は過渡期であり、鎖国という特殊な状況下にもある判りにくい時代ではないだろうか。

風景を加工して近代を演出したものは明治政府ではなく、自分を空洞にしたくて国家政策に身をゆだねた個人である。制度のおかげでからっぽの内面が出現したのではなく、からっぽの内面という擬態によって、権現をお気楽なものに、空白化したかったのは**柄谷氏本人**だ。本人の個性と欲望の問題を国家の政策だけでは説明出来ない。そもそも因習を越えたり家族を越えたりしたいという願望は、例えば出家等、別に近代特有のものではないはずである。

とはいえ、田中和生氏の「古代」という概念も曖昧すぎるし、単なる反動、退行のようだ。若い世代の最先端部分も語り残されたままなのだから。

繰り返すが中世に戻れとは言っていない。近代という時代がもし仏教的自我を持つ文学者にとってツールのように感じられるとしたら、その文学者はまさに近代という物の見方、考え方と習合したのである。しかも対等の習合というより自分の一部として吸収しただけである。

日本の近代に贋科学的な合理主義の近代的自我しかなかったとしたら、それが世界宗教を核心に置いた哲学性の高い、しかも肉体を忘れない権現的自我に吸収されるという事は自然な行為である。キリストが人間の形でこの世に生まれて来た受肉という事も、日本の習合を知る私の目には権現の一種のように見える程だ。――明治政府が抑圧したくて必死で隠していた仏教的自我、カウンター的自己、これを暴き発見する事こそ近代に対する、国家に対する反逆である。また今後もし国家という形式だけが解体して、言い逃れと共に様々な新しい権力が発生してきたとしても、金毘羅はそれに対抗する構造をもつであろう。

このような中世的、仏教的自我が近代という便宜的な時代を抜けて理性を獲得し、今の乱世に向かっているのだと思う。そういう自分を私は金毘羅文学と呼び、権現魂と呼ぶ事にする。後は「本論」を読んでほしい。

続報

女肉男食

ジェンダーの怖い話

解禁要素

言うまでもありません。どこにも出せない。ＫＡＤＯＫＡＷＡなんか絶対無理な反ジェンダー全開です。

——公人は敬称略、それ以外の方には氏をつけて書いています。

『女肉男食』今までの復習――LGBT法通過、大法廷決定、高裁差戻し前夜

1　一回戦、今までの復習、女肉男食を参照

二〇二一年六月、オリンピックの年、……。

今まで静かに暮らしていた市井の女たちと、山谷えり子をはじめとする自民党保守の議員たちは、ある世界的悪法の上陸をくい止めることに成功した。

不謹慎な例えだがあえて言うと、それは竹槍でB29を落とす行為だった。戦後七十六年初めて、しかも普段は馬鹿にされている保守と女とで、たとえ一瞬でも米帝を下したのだから。

議員立法として提出されたこの法案は、野党とのすり合わせを潜り、最終的な形（二〇二一年版）が定まったものだった。が、結局国会上程まで辿り着く事が出来なかった。まず自民党内部での承認を得る前に紛糾した。党内の保守派が異例の徹底抗戦を行ったからだ。

とはいえ、本来議員立法というのは成立しにくい。特に野党提出のものは流れる事が多い、なおかつ一旦流してしまえば、通常は廃案になってしまう。

だが、当時国民がさして関心を持たなかった、しかしマスコミが異様なまでに好意的に取り上げるこの法案については、後述するように、国や国会などひねり潰す程の大きな勢力に支配されていた。それはバイデンの世界戦略の一環として、与党リベラルと左系野党全部を従がわせていた。そんな中、――保守系議員という、普段は権力者であるはずの人物達が、なぜかレジスタンスに見える程の異例の抵抗を行う事になった。それは保守と市民との関係が刷新される、歴史上の転換期だったかもしれなかった。結果？

この世界的悪法が流れた後、たまたまかどうかは知らないけれども、当時の総理スガは異例の短期でその職を辞した。さらに彼はＲＣＥＰを、まだしも緩く締結してから辞めた。すると？この本人の中には反米、反グローバルの意識があって、面従腹背のまま抵抗していたのだろうか？　しかしこれ、私ごときには知るすべもない。とはいえ、短期で辞める総理は時に（仮に一点だけであっても）良い総理なのだ。というと？

例えばもし、沖縄のために地位協定の徹底改善をしようという総理がいたとしよう、おそらく、彼は三日でクビにされる。時には汚職等を表面的理由として弾劾された上で。で？

それではスガは首をかけて米帝と戦ってくれたのか？　いや別にそうとは限らなくとも、少なくとも、……。

自民党の伝統であると当事者達が言っている「全員一致まで議論する」、「正しい手続きを怠らない」という方法（でもこれには議論をさせないための各種裏技もあるようだ）を貫いたがために、この伝統を使って抵抗する党内の保守議員たちに総理が「負けてあげた」位はあったのではないか？

なお、スガは言うまでもなく、この悪法を支持する公明党との連携がある事で知られている。つまり、特に法案に抵抗する理由はなかったはずなのである。

しかし、この時の反米保守、抵抗議員の中にはかつて郵政民営化で造反し、その後は現政権下でLGBT運動批判＝お花畑発言を決行、糾弾されてもけして謝らなかった、衆議院静岡7区城内実（現在・森山派）がいた。彼は水面下で一貫して抵抗を貫いていた。若い頃から真に、グローバル化の危機を知っていた。

無論、その時点で既に「上」は彼を自民党性的マイノリティに関する特命委員会の事務局長に祭り上げ、強いて「中立の立場」を保たせようとし、主観を述べる事を禁じてしまっていた（実はこれが前出、裏技の一種である）。

さて、当時奇蹟的に押し返すことが出来たこの悪法案は、その名をLGBT理解増進法案（二〇二一版）といい、一見、性的少数者の保護や反差別が目的であるかのように装っていた。

しかし実を言うとその正体は性自認法(注1)(＝ジェンダー法(注2))、つまり性自認という恐怖の「新世紀ウイルス」を含んでいる悪法案だった。

但し、正確に言えばそれは最初のうちは、けしてマジものの性自認法とは呼べないものであった。確かに不当運用の可能性等心配であったが、もし無理に米帝が押しつけてきた不可避のものだったとしたら、これは、まだしもな法だった。というのも、最初この法が保護すべき対象としたのは、一見性自認と混同されやすい、しかし実は似て非なる概念だったからだ。ちなみにその保護対象の名前を性同一性という。ただし——英訳すると性自認と同じ言葉になる。この二つ、元々はジェンダーアイデンティティーという英語が原語なのだ。そしてその日本語旧訳が性同一性、新訳が性自認、という事になる。

この旧訳「性同一性」は日本の法律や行政において長年使われ、それ故に既に、勝手な解釈のしにくい言葉に育っていた。この旧訳語については、新訳語、性自認とは違い、心の性別だの、自己申告の性別だの勝手な事を言わせない用語としての歴史があった。その上この性同一性はＧＩＤ特例法という法律に関連付ける事も可能であり、それによって新制度の暴走を抑えてくれる期待も出来なくはなかった。そもそもこの特例法の中心をなすものは自分の性的肉体への違和感、嫌悪感である。長きに亘る強的苦悶をへて、いわゆる性転換手術による戸籍性別の変更にいたるという、肉体変更による肉体の克服がその本質である。

その一方、……。

性自認の方はというと、——日本において法的にも事例的にもさして蓄積がない（但し司法や官僚は無神経にこの性自認の方を使うことが多い）。なのでこの言葉を使って法律を作ればそれは今までの知識、蓄積をリセットした法律、なおかつ何を規定したのか判らない法律になってしまう。悪人、利権屋も付け込める穴だらけの悪法になる。常識や歴史から逸脱する可能性も高い。しかも、そもそも……。

それで心の性別などという前近代的、反社会的、非現実的なカルトを守ろうと言うのである。危険極まりない。その上に、もしこれに対する「差別を禁止」となれば、……。

というわけで、この二つの日本語訳は日本語として使うと、各々、相当に違うものになる。ていうか、そもそもこの二〇二一年版の法案は最初、「性同一性」で書かれていたのである。なのに、……。

この「性同一性」がある時から「性自認」にすり替えられた。これが先述の野党案とのすり合わせである。しかも同時期、急に「性的指向及び性自認を理由とする差別は許されない」という一文が忍び込んだ。これも合同で修正案を作る時に一気にやられた。なお、この性自認入りには選挙区福井1区稲田朋美の「功績」があったようである。というのも、……。

性自認と性同一性はほぼ同じものだ、と稲田は言ったのだ。別にすり替えても「大差ない」というご本人登場の説明動画等残っている。自民党女性議員の中では一番の性自認推進派ではないだろうか。

ちなみに、六月に可決されたＬＧＢＴ法（二〇二三年版）には性自認という単語は入っていない。但し原語のジェンダーアイデンティティーを最近よくある表記の仕方で「ジェンダーアイデンティティ」として、入れている。また性同一性という言葉ではなく「同一性」という、性同一性と深く関係あるように思える言葉も入っている。但しそのままではＧＩＤ特例法の中に使ってある性同一性と同じものであるかどうかは明言しにくい。ともかく法律は運用次第なので（「日本反ジェンダー新聞」本書二〇五～二〇六頁参照）。とはいえ、このままだと不明瞭ではある。

なお、日本において、この法案の国会上程が検討されていたこの時点で既に、欧米「先進国」では性自認法により、かつてない混乱が巻き起こされていた。

海外ではこの性自認の正当化、反差別や人権の美名の下に、例えば海外のある州では――親の保護や指導を受けられなくした上での、子供への医療虐待が行われていた。そればかりか女囚の強姦や女子病棟、女子シェルター等での性犯罪が横行していた。言論においても、今まで事実として書いていたことや考えていた事が、人権、反差別の名の下に禁じられた。国によっては女、母、妊婦という言葉が使えなくなっていた。

「男は女ではない」と言っただけで通報されるような状態になっていた。逆らえば女性は「ＴＥ

RF」(ターフ、前出)と呼ばれ、Kill, Punch, Rape, Fuck, TERFと罵倒された。このターフは、『女肉男食　ジェンダーの怖い話』にあるようにおおむね蔑称であり、差別者と決め付けて攻撃するための言葉だった。敢えて自称する女性は不屈と言えた。実際に殴られ、殺され、脅迫され、ボロクソに言われ、役職を下ろされ、仕事を干された。また女性への性犯罪に至っては今や男女共有になってしまったかつての女性専用スペースにおいて、「TERF」であろうがなかろうが犯されたり露出狂に怯えるしかなかった。

この「TERF」の代表とも言えるJ・K・ローリングなどは世界最大のネットリンチを仕掛けられている。だけど無論、何も変な事は言っていない。むしろ近代的で女性擁護的な態度を貫いて、このカルト的な性自認至上主義を批判し、ジェンダー主義者たちに抵抗しただけだ。彼女は以前から身体女性のための慈善事業を行い、性的少数者とも仲良くしていた。その発言も言論の自由を守る作家としての、または身体性を第一に思う女性としての、或いは子供の医療虐待を憂うが故の正当なものだった。但し、その正当な発言をしたがために、生命、身体、財産、名誉、著作権をも脅かされた。

これらの女性が被害を受ける現象について、いつしか私は日本語で女消し、メケシと名付けていた。すると驚くべきことか当然の事か、同時発生でアメリカにおいて、そっくりの英語のタグが出来ているのに気付く事になった。日本語訳すると「#バイデンは女消し」という言葉になる。

なお、女消しの語源は見ての通り、……。

つまり男女の定義を肉体の定義ではなく魂の性別で定義してしまうと、当然本物の女＝肉体の女は消えてしまう。そういう意味で私は女消し、と言ってみたのだった。すると、シンクロしたのである。という世界趨勢の中、……。

当時、日本ではさしてその存在を知られてもいなかった市井の女たちは、マスコミが隠している海外の情報を収集してそこから学び、この危険性を早くに感知していた。ところが、マスコミ、学術、左派政党、大半の有名フェミニスト、WANを始めとするフェミニズム団体は、これに無知であるかまたは加担したのだった。そこで市井の女たちはこのエリート連中に怒りつつ、当時からあらゆる政党に働きかけていた。結果、反応してくれたのは野党ではなく、自民党のしかも保守であった。一方、……。

不毛な事に私はこの間必死で共産党に資料を届け説得しようとしていたのだ。しかしその結果、長年共産党に投票し、二〇一七年など赤旗に選挙総括まで書き連載対談までしていた私は、なんと裏切られ糾弾された。さて、与党の保守議員に資料を届けた女性達の方はというと？

北朝鮮拉致事件をライフワークとする山谷えり子は、この問題でも突出した情報収集力と理解を示していた。彼女は遅くとも平成十七年からジェンダーという言葉への懐疑を持ち、国会で質問もしていたのだった。またこの頃既に保守論壇には暴走した正義、という意味で、「ジェンダー正義」という言葉があった（フェミニズムにもある用語だがこれは別の意味で使われているようだ）。実際、女性支援の法律の中にジェンダーという語が入るだけで、女性の予算を男性が掠めてゆく事態が懸念されていた。山谷は「ひな祭りや鯉のぼりまで否定」する事態を最初から危惧していた。今思えば、――海外の国際婦人デーなどもジェンダーの名の下、「自分は女」と自認する男性への配慮の日になりつつある。

そもそも彼女は数年前から既に、この性自認法の危険性について、男性議員達に訴え続けていた。にもかかわらず男性には判りにくい話題であったと見え、実際に法案が審議されるようになるまでは自民保守においてもなかなか伝わらなかった。

ともかく、――どの国においても反近代、女性蔑視、児童搾取、非現実なこの思想が含まれた性自認法は、正体が分かれば大反対されるはずの代物である。そこで卑怯にもその多くは実態が判らないような状態で持ち込まれた。（注3）

つまり、欧米では国民が何も知らぬ間にこっそりとやって来た。さらに、一旦法案が通ってしまえばもう手遅れになった。最悪その後には言論統制のためのヘイトスピーチ禁止法が出来たからだ。こうなるとマスコミは一層黙るし、警察も行政も助けてくれなくなる。そんな中日本ではネットの女性たちや一部保守、結局左党の支持をやめるしかなくなった左翼女性たちがそういう情報を把握していて、他国に比してまだしもな抵抗が出来た。

例えばこの一回戦、阻止出来ただけでもたいしたものと言える。で？

普通に自民党の慣習に則ればこの法案はもう流れたと判断されるはずであった。ところが、件の悪法案はなぜかその後も党三役の預かりになっていたのだった。誰かが無理やりそうしたのではとも言われていたが、流れていなかった。

無論、女たちは油断などしていなかった。相手が巨大過ぎて怖いといいながら、時には仕事ばかりか家事や介護もしながら、海外情報の拡散に勤しんでいたのである。

2 二回戦、文末資料、「日本反ジェンダー新聞」参照、LGBT法発効前後

さて、いくら保守と女が一旦米帝を下したところでこの性自認はバイデンの世界戦略である。しかも世界の富豪がこれを支援している。例えばジョージ・ソロス（注4）のオープンソサエティ財団はその典型である。他にはビル・ゲイツなどもこの唯心論を支持して止まない。が、海外では次第にこれを牽制する反ＬＧＢＴ法が出来つつある。

一方、我が国はというと、今も、直に性自認を牽制する法律はない。その間に地方自治体は勝手に暴走した性自認条例を作ってくる。たとえ当事者達の団体が反対していても、子供の医療虐待や過激性教育を予測した親たちがパブコメをどっと出していても、そういう自治体は意に介さない。

さらにそんな議会の議事録には条例運用において、望む性別で更衣室やトイレを使わせては、という提案が残っている（https://www.pref.saitama.lg.jp/documents/225642/r4-3seinotayouseikaigi-gijiroku.pdf）ばかりか大企業や有名大学がこれに与し、ごく一部のジェンダー主義者たちで学会を占拠、それを批判する学者（千田有紀、牟田和恵）は糾弾されていた。民間が率先して世界の富豪に従い、それを正義と心得ているのである。

という環境の中の二〇二三年二月、――キシダ政権下において、首相秘書官の同性愛者に対する差別発言があった。オフレコのはずのそれは毎日新聞の記者によって報道され、粛清が始まった。しかも差別発言はマジものの差別だった。なんで？　わざとなの？

ということで二回戦が来るまでに一年八ヵ月。女たちは割りと準備していた。

オリンピックの年、米帝に勝利した女たちと保守、この連帯に向かい、……。

二〇二三年、なんとG7、広島サミットに向けて悪法案は再燃したのだった。ここでG7開催にあわせて成立をさせようという、「政府」の方針が決定した。既に拙速とかそんなレベルではない突貫工事だった。

この間、無論自民党内では前と同様な騒動になった。山谷、城内の他に、――青山繁晴、片山さつき、高鳥修一、中曽根弘文、和田政宗、有村治子、若林洋平、小野田紀美……ていうか挙げきれないほどに多人数の激しい抵抗があった。この抵抗を「党内民主主義」と呼ばれる議論体制を破壊し、ことに例の裏技を使ってでも「上」は抑圧した。最初は抵抗していると見えた世耕弘成、萩生田光一は抑圧側に回った。形勢を見ていてふと、思った事がある。

或いはこの現政権をやっているひとというのは、所詮弱小派閥の長から総理になった身なので、最大派閥に対抗し保身もするためには、従来の総理さえしなかったような米帝への追従をするしかないのかもしれない。さらにこの人物はたまたま今の米帝が民主党なので、相手の色に染まるために「左翼」なのかもしれない、と。

でもこれが本当に「左翼」のする事か？　ていうか「左翼」だからこそ、従来の穏健な慣習を、規則を破るのだろうか？　こうして、……。

議員立法でありながら、全党の賛成をえられぬまま横紙破りを重ね、というかそれ以前に自民党の委員会では全員が納得するまで議論する慣習になっている（という）部分もすっ飛ばして、この法案は本会議にたどり着いてしまった。党内の会議を終えて部屋を出て行くネットの動画に、――強面そうな、今までならとても連帯出来ないはずの右派の男性議員が涙ぐんでいて、可哀相だと思った。思うにこの人たちは女性のためという事もあるけれどそれ以上に、自分の党の規範、モラルが壊れてしまった事に泣いたのではないか。

なおかつこれでこの総理は自党の岩盤支持層も溶かしてしまった。今まで政権が取れていた最大の理由、党内を割らないという事にさえ失敗してしまった。また支持者でもことに、手堅い高齢女性達は、こんな事を知ってしまえば必ず逃げるのでは？

結局、……。

この法案は二〇二三年六月十六日に国会通過した。しかも議員立法の癖に全会派の賛成どころか、自民（中でマジ割れしている）、公明、維新、国民、だけの賛成であった。

という、自民党での議論再開から国会通過前夜まで、女たちは出来るかぎりの事をしたのだった。さて、……。

この二回戦において件の法案は前回の結果を引きずり、まず、二〇二一年版の修正案から議論し直す。つまりそれだともうこの段階で既に、性自認、および性自認差別禁止の一文入りである。絶対に許せない法案となっている。とはいえ、――どうせやられてしまうとしても少しでも食い止めをと、――多くの女たちと、少しの男性（防波堤）やその関連団体は、議員たちに向かい主にこのような点を訴えていた。

Ａ　直に廃案

Ｂ　条文中の性自認を性同一性に戻す

Ｃ　その性同一性を法的拘束力が明確になるようにＧＩＤ特例法と関連付ける

Ｄ　差別禁止という表現をなくす

Ｅ　女性とは生物学的女性であると明言する。

……自民保守議員たちは自分の国元事務所に初めて、しかも信じられない数の市民達が電話でファックスで必死に丁寧に陳情する異例の事態に遭遇し驚いたようだった。とはいえ、それもやはり議員個人次第なのであった。要するに与党は大所帯なので社民党のような一枚岩にはなっていない。

私も自分の地元の、前の選挙で我慢して投票したある自民議員の事務所に電話をした。が、今思えば、……応対に出た人にまったく関心を持って貰えなかった。その後、この議員はある行いによって議員辞職し、ニュースになっていた。で？

折角演説を聞いて投票までした自分の選挙区の議員事務所には冷たくされ、むしろ選挙区外の議員の方が親切であった。中には『女肉男食』で勉強会をすると言ってくれた秘書さんまでいた。かつてミートゥを批判していた元衆議院議員・長尾たかし氏も「女の人が可哀相だ（要約）」と自分の発信する動画で涙ぐむようになっていた。この人々が感情を大切にするところが今は頼もしい、と私は思った。それまで共産党の宛て名書きをしていたような女性が脱党し、自民党区議の選挙にかけつけ、幟を持っていた。

無論、その保守議員の感情とて、一筋縄では行かない事も私は覚悟していた。

当時、ある大物ＴＲＡ議員を説得しようとして会ったターフ達によると、彼女は地元名物の図案がついたマスクなどをして親しみ深く、時間も延長してくれて優しく気さくだった。法案を止めてくれと陳情する女性などはいつか心を開き、話をしているうちに泣いてしまったという。ただこの必死の訴えにおいて、まったく話は通じていなかったと後々、思い知ったとも。というか、――別れ際になると、ＧＩＤ特例法ができてもう長いから、改正がそろそろ必要だ等と、彼女はさらりと言ってのけたそうだ。無論それは厳格化をくわえるという意味などではなかった。

なおこの運動に関し、私はどこの団体とも連携はない。その時々で一点でも連帯出来るところに参加したりはするが、別に言いなりにはなっていない。ていうか情報交換や知識（校閲だとか）を頼む以外はひとりでやっている。とはいえ、例えばある団体の自動ファックスの導入が間に合わなかった時、そことはその時連帯出来ていたので、腕が上がらなくなるまで手伝った記憶がある。でも、普段はそういう形式でのファックスをしていない。ひとりでやっている。その時はただ他に人手がなかったからやっただけだ。

というのも自民党は団体の一律より、個人の意見を尊ぶと聞いたことがあったからだ。私は個人で筆（ペン）の手書きを送ったりした。多くはマスコミに糾弾されても声をあげてくれた議員へのお礼状だった。資料もメールのリンクやファックスで出来る限り送った。かつて共産党にしていたのと同じ事だった。

『女肉男食　ジェンダーの怖い話』もマスコミが隠している事を報道しようというのが第一だが、

それと同時に誰か議員が読んでくれればという気持ちで書いた。ともかく手に取りやすい本を
と薄い本にした。版元と一緒に、必死で安く作った。

ついでに言うと私が参議院選で山谷えり子に投票したのは本当である。FLJという「ターフサイト（https://femalelibjp.net/）」にそう書いて「炎上」した事もあるが却って光栄だと思っている。山谷には今後もずっと投票し続ける。逆に何か迷惑かけるようならばずっと黙っているし、これが終わったら彼女に対しては応援はするけど身を引くという感じでいる。城内実には選挙区外で何も投票も出来ないので感謝を示す意味で後援会に入った。少なくとも――私のような元共産党支持者を保守は受け入れた。無論、与党だから嫌でも我慢をしてすべての国民に対応するというのはあるかもしれない。しかし逆にちょっと都合が悪ければ「極右」呼ばわりして、排除してきた某党よりはせめて人間らしいと思ってしまった。

ていうかなんでも野党に頼むと、「まず政権交代を」とかいちいち言われる。もし政策があっているのならば例えば動物愛護とかなら与党に頼むのが有効に決まっている。

なのでたとえ米帝共和党がやってしまったFTAであっても、その本質が分かっているはずの保守の中から、反米意識のある個人を頼んで陳情に行っていれば、条件改善等少しでもなんとかなったのではとついつい思う（とはいえ、保守側の農民達は今まで通りの方法で自民議員に頼んでいたとも言っているようだから、自民党党内の改革をしなければならないのかもしれないけれ

ど)。取り敢えず、……。

共産党は結局、TPPもFTAも助けてくれなかった。請願と陳情は違うものだと思った。かの党に対してはもう、何も感じない程絶望している。今の私には右も左もなく反米があるだけだ。

ところで、この第二回戦の陳情効果を見ても分かるように、タ－フの人数はここまでに次第に増えていた。ここでそろそろ二万人を超えていたのではないか。最初は中核三千人位と、私は見ていたのだが。なおかつ、運動が大きくなった必然として、この段階で見解の相違が対立を生むようにもなっていった。

そもそも右翼も左翼もいる一点共闘である。様々な意見が出てくるのはむしろ自然な事だった。例えば、……。

この活動の後半からGID特例法そのものを廃止しようという意見が目立ってきた。これは本来無問題なはずの現行法下で、戸籍性別を変更した人物が、騒動や事件を起こした結果ではないかと私は考える。まず、……。

a　男から女へ戸籍性別変更をしているある人物が法的権利の下に女湯に入り、その結果多くの女性がトラウマを負いかねない侮辱的な女湯レポートや、性別変更後の公的書類画像に卑猥な表現を加えたツイートをした事。

b　これも男から女へ戸籍性別を変更した人物が刑務所に入りたいと言いつつ、サリンばら撒き予告をして逮捕された事（実際はすぐ釈放されたけれど、法的には女子刑務所に入る事になるのでは？）。

なお、ａは別に事件にはなっていない（して欲しいけれど）。ｂは事件なのだが、新聞はこのｂを単に「女性」と報道した。またｂのような犯罪とはまったく関係ないけれど、別件、ｃのような問題が起こっている。

ｃ　特例法を使って法的女性となった人物が女性の専門職採用枠に採用されていた。

これは一見問題なさそうだが、実はその女性枠は妊娠等の生来女性の身体的不利を埋めるために設けられたのではないかと、ネットにおいて疑問視されたのだ。

要するに性転換手術を完遂する程の人さえ、信用出来ない場合があると、或いは生来女性と利益の対立があると判ってきたのだった。何よりも、戸籍性別の変更自体、事実を歪曲しているという見地からの反対表明があった。

これら、各種の事件について危機感を覚えたのは私も同じである。そもそも厳格化は必要と『女肉男食』にも書いた。しかしだからと言って特例法全体を無くすのはどうだろうか。それならぎりぎりまで厳格化すればいい。しかも今女性と共闘してくれているトランス当事者たちは遠慮深く、女性スペースなども使わないという人々がいて、悪法案反対を訴えると同時に反対記者会見でも、女子トイレなんか入らないと宣言して泣いてばかりいる人までいる。

例えば、――檻に入っている虎（＝なりすましの性犯罪者やトランスでもダナ・リバーズのような人物）がいるとしよう。虎を殺すからまず檻を壊せという人がいるとする。檻から出た虎は何をするだろう。暴走し人間を食いはじめるのでは？　それなら銃で殺せばすぐ死ぬ、とその人たちは言うかもしれない。でも現状、銃も他の武器も今はないのである。ならば、虎を檻の中に入れたままにしておくしかない。それで虎と間違えられて猫（真面目なトランス）が撃ち殺される危険も防げるのだ。殺し合いにならぬために必要な檻だ。そもそも今問題なのは――猫に見せかけて檻の外で生きている虎の危険性である。

無論、特例法廃止というのも意見のひとつであり、それを言ってはならないという事は一切ない。なおかつ、私にも背景にある事態の変化や、女性たちの不安は理解出来る。

また、現在分裂が始まっているとしても、それは運動の自然ななりゆきだと思う。そもそも、今も自民党への多くの女性達の陳情は受け入れられている。

つまり分裂がどうであれ結果的に、女性と子供、言論の自由が守られれば良いのである。

例の呪われた修正案から、差別禁止の表現が相当に和らげられ、性自認という語が消えたことは良かったと思った。無論、それだけでは安心は出来なかったしどっちにしろやられてしまう可能性があるのはヤバイと判っていた。

国会議員の中にはこの最悪の事態に対応するため個人で地方と連携して、せめてこの法の運用が暴走しないように止めようとしている人物もいた。しかし地方議員の中には自民系であっても未だに特例法について知らず、活動家にどんどんコントロールされて行く人物もいた。

なおかつ、こうしている間にも地方自治体やマスコミ、企業の暴走は止まらず、二十三区の女子トイレは激減し、女優やゲイの人気タレントはこの性自認を疑問視したり法案に反対したりするだけで左系活動家たちから糾弾された。女優は事務所に連絡され謝罪に追い込まれた。

なぜかこの時点でさえ、ネットで動画などをやっている右系の評論家の多くは、あまり情報を持っていなかった。楽観視しているのは結局自分の問題ではないからだろうと私は思った。その気になれば市民と国会の間は近いはずなのに。その証拠に、保守議員と女たちのした事は無駄どころかその後ますます有効になっていった。つまりこの件に関してはくい止め、引き延ばしが非常に有効だったからだ。一分一秒でも大切な程だった。

何よりもこの二年の間に世界趨勢が激しく変わっていた。


海外はイギリスがもう正常化に向かっていた。首相が転々変わっても反ジェンダー政策はそのままであり、児童に対する危険なトランス肯定治療はついにマスコミで報道され、アメリカの大半の州で反LGBT法が成立したり、議会にかけられたりするようになった。スウェーデンでさえ見直しが始まり、最も強硬な性自認国だったスコットランドの首相も辞職に追い込まれた。個人とはいえ国連役員が女性の味方をした勧告を出し、ローマ教皇も反ジェンダーイデオロギーを表明した。

とはいえこの段階でも日本国内の報道を見ると、産経新聞や夕刊フジ、「アサヒ芸能」、「紙の爆弾」、「Ｗ・ｉＬＬ」等位しか本当の事を書かず、インテリぶった人々が読んでいるもの程大本営発表、海外の報道など最も大切な言葉を誤訳にして、まともに伝えなかった。しかしそれでも最初の頃の完全統制よりはましであった。ことに産経は法案通過直前、青谷ゆかり氏らの参加した国会前デモ等、女性のムーブメントを次々と報道してくれた。

地方自治体の暴走に声を上げた富士見市議、加賀ななえについても報道されるようになった。

『女肉男食』と前後して鹿砦社からムック『人権と利権』が出た。

しかしそうしている内にも、あらゆる慣例を無視し手続きをすっ飛ばしてＬＧＢＴ法案は成立に向かっていった。議論は済んだ事にされ、採決は強行された。

そんな中、……。

直前になるとこの法案に本心は反対の議員であっても、賛成に回る人々が出た。というのもどんな法案でも無理に作られてしまうのなら賛成に回っておいて、その中に入り込み抵抗するというのがひとつの有効な方法となったからだ。

完成に向かう条文を修正、調整してゆく中で、少しでもぬるく、少しでも無効にと試みて牽制する条項を付け加えていく。自民党や国民民主党の議員がよく行う手法である。ただしこれは誤解されることも失敗することもある。

採決直前の国会答弁の中で、出来るだけ女消し側に不利な事実に言及し、法律がむしろ無法地帯を制御するように作り替えていく。難しくはあるが、それがこの法案についての最後の抵抗であった。とはいえ、……。

双方が攻防していく中でである。しかも「上」は米帝というか実質LGBT植民地に駐在した（隠喩としての）GHQのいいなりである。

保守の人々がこれをLGBTGHQと呼んでいるのでうまい事言うなあと思っていた。という情勢下、……。

油断ならぬ事に、採決前夜にいきなり例の新語「ジェンダーアイデンティティ」が入ってきた。同じ段階において子供の性自認教育に関し少し制限も課せられていた。但しこの制限に関しては実は何の効果もないという説もあった。

一方、特筆すべきは、この前夜の急展開の中で、第十二条の留意事項が加わった事だった。全国民の安全に留意すべしと入り、誰でもどの角度からでも特に不安や権利侵害が訴えられるようになった。

こうして採決直前の参議院内閣委員会（実質四時間）において、その質疑応答は通常よりもはるかに緊張した重要なものになった。これはその前に行われた衆議院内閣委員会（二時間四十五分）が形式的で結論ありきだったのと違い、一語一語が権利闘争と言えるものであった。無論そこから収奪、強奪されたものもあったという事だ。私は、――米帝の怖さを見せつけられつつも、この二年間の法案引き延ばしが有効であった事、抵抗した女性たちと保守議員の力を実感させられた。

欧米では最初から女たちは騙され、不意打ちを食らっている。無論、日本でもマスコミや学術は「先進国並に」卑怯で、えげつなかったけれど。

だがそれでも日本は後発である故に海外情報をネットで得ていた。ターフ達は弾圧されながらもツイッター上でも議論を続けｎｏｔｅを書き、情報を伝えていった。

この土地には、仏教文化圏の強みでキリスト教の唯心論、ジェンダー思想を変だと思う素地が元々あった。しかもここの女たちは我慢強く、不屈の闘争を早期から出来、抵抗もしぶとかった。とはいえ繊細な人々は嫌がらせで中断させられることもあった（今は消えたアカウントもぽつぽつ戻ってきている）。

名前自体は消えた大物初期ターフたちも、今見ると水面下で着々とやっている。

さて、ところで、……。

参議院ではどのように抵抗しようとしたのだろうか。というのも、――元々、この法案には「穏健な国法を作る事で性自認を牽制し現在暴走中の地方条例にもしばりを掛ける」という「目的」があったと言われている。しかしそもそもこんなものを作ってその中でわざわざ抵抗するより、最初から性自認を制限する法律を作り、その後で個々の性的少数者、L、G、B、T、を支援する法を作れば良いのである。なのにいちいち一見安全そうな法案をまず見せておいて、その中に一晩で性自認をぶっこむ、それで「実は牽制目的」と言われてもにわかには信じがたい。つまり相手は米帝でありこれ自体一種の罠であるかもしれず、また、何をつくってもトロイの木馬にしようという人々が保守と女とを取り囲んでいた。

さらに、実はこの法の原案を作った繁内幸治氏の意図も不明瞭と言える。彼は法案の中に性自認という一語が漢字で入っていた時点で、それに循環論的な定義を与えていた人物である。これは私から見ても危険極まりない代物に思えたし、多くの保守側当事者や松浦大悟氏から批判の対象にされていたやり方である。しかし彼自身はこの法案について、無法地帯を牽制するための法と主張していて、循環論にしておけば使いようがないと主張していた。さらに言えば彼の立場も転々としていて（元々はＡＩＤＳ啓発関連ＮＰＯの人、その時に不適切発言の自民党議員と穏やかに話し合い連帯して、そこから自民と関係が出来、その後自民党や省庁の研修講師をするようになる）、この問題についてはＬＧＢＴ法連合会から自民党特命委員会アドバイザー、次はオブザーバー（アドバイザーの方がいろいろ言える）。二〇二〇年からは稲田朋美との連帯が深い。

ちなみに維新と国民民主党もこの法案通過において、比較的女性の立場を考える位置に立った。しかし例のジェンダーアイデンティティは維新の案から入ったのではないか？　なおかつ維新がそんなに長きに亘ってこの問題を考えていたとはとても思えない。例えば途中までこの維新も国民民主党もターフがとことん嫌がる「シス女性」という言葉を平気で使っていた。

結局ガチ止めしてくれようとしたのは自民党の保守、最近の私は「真の反米は保守にしかいない」と思う時もあるし、「この人、保守とか言っててよく性自認なんか賛成するね」と笑っている時もある。既に自民党が一枚岩でない事は承知している。議員の票田は国内にあるとしても、所詮、権力は国外から来て、隠れ外資だらけの経団連等に居すわっている。選挙に強くて何も怖くない上級議員こそ、経団連と同行しているのではないだろうか。それこそ史上最強の「経団連左翼」である。

今の政権は当然米帝民主党に対して親和的であって、この件では共和党と正反対の政策を取っているわけだ。ただ何にしろ大所帯なので反対してくれる議員はいるはずだと最近の私は思うようになっている。

と言ったってそれも実はうまくいくかどうか判らない。というのは「例の裏技」がいろいろあるからだ。例えば、――本文冒頭人事、その他には自民党内各委員会の役員をしている抵抗議員が「日程調整」され、党内会議よりも大事な国会の用をするしかなくなってしまい、その結果欠席してしまう場合がある。とどめ、議員本人が後援会会長等に説得されてしまう。例えば郵政民営化においても、自民党は造反議員に対する処罰として選挙で公認しない、刺客を送る等の処置を行った。要するに首がかかっている。造反後、長年、昇進の止まっている本来総理にふさわしい人物もいる。

ていうか、現状はどんどんきつくなっている。しかも今の米国駐日大使は「業績」を見るに、白人以外へはきつい。対沖縄的には言うまでもない。

なおかつ抵抗勢力が与党内に百人いたとしても、「上」は「経団連左翼」と「電通左翼」である。

さて、そんな中で公的言語による抵抗の方法は？

国会答弁において発言した事は全てその時に成立した新法に影響を与え、拘束する。この法がどんな目的でどのように運用されるべきかはこの応答で決まる。無論、国民を救うように決めようとした場合、その言葉はいきなり押し退けられる可能性がある。

衆議院内閣委員会はあまりに短かった。ただ、本会議採決直前の参議院内閣委員会においての攻防は激しかった、……。

まず、小倉將信内閣府特命担当大臣が性別二元論を肯定するかのような発言をし、女性スペースは性別で分けると明言した。これは大臣の答弁なので政府の公約と同じ拘束力がある（はずだ）。その後の質問では有村治子と山谷えり子がきれいに分担したかのように女性と子供を守るための発言をしていった。二人の議員の質問内容にはターフたちが訴えた不安の大半が入っていた。左系政党やマスコミ、性自認活動家達がデマだと言い続けた海外での混乱、これが事実である事も国会答弁には残され、また事実を報道してデマだと糾弾された当の被害者である山谷がこの件にも触れ、証拠として残した。有村はある事態を国辱として官僚を問いただした。他、――国会参考人として維新に呼ばれた森奈津子氏（この人選は急に決まって短時間で意見を書き上げたものとご本人がツイートしていた）は子供の医療虐待について言及してくれた。自民参考人の滝本太郎氏は思春期に性自認を決めさせる危険性を指摘してくれた。

小括、――結局ひとつの法案についてその直前に意見を述べて影響を与えたければ、賛成に回って言うしかない。これは自民党でも国民民主党でもよく使う手法である。なお、公明党が性自認教育をしたいのではないかと、その後の答弁の中で私はぞっとした。

さて、例の横文字について、――議事録を見ると、性同一性と性自認の対立軸をなくすために導入したとある。まあそのための言い換えというのなら別に原語のジェンダーアイデンティティーとは関係ないという事になるのだろうか？　しかしそれイコール同一性だという事は答弁の中では言ってもらっていない。ていうかどっちにしろジェンダーなんか入れたらあかん、誰が入れたんだよという話である。曖昧な事を言う人物はなんとかして、性自認をやりたいのかもしれないのだった。そもそもいくらすべて運用次第だとは言え、一言でもジェンダーと入っているという事はどんな入り方であれ、相手に付け込まれるから危険極まりない。米帝がやってのけたと見るしかないのかもしれない。

この法案の賛成側に敢えて入り、かなりのくい止めをしてくれた人々に感謝しつつも、私はやはり最後まで反対し続けた。

当日解散になれば法案は流れるので十六日の午前中は何回か官邸メールを打った。総理個人のメール（多分秘書が読む）は最初届いたけれど途中から届かなくなってしまったので官邸メールに変えた（政治家のメールはご意見フォームにしていない人のならすぐ見つかる）。

現総理の官邸へは有力な性自認活動家が気軽に入って行くと聞いた事がある。マスコミは報道しないけれど、結局この問題は地味に尾をひいて現政権のダメージになるはずである（と言っているうちに支持率がひどいことになっていった）。

本会議採決後、『女肉男食』に投げ込むための「日本反ジェンダー新聞」を書いた。これも石上卯乃氏に校閲して貰った。既に三年お世話になっている。どういう人かなどはまったく知らないけど信用している。

まとめ、第二回戦終わりまで、糾弾されても謝らなかった議員、山谷えり子、城内実、西田昌司、但し、――西田昌司に関しては前半ジェンダー批判をやってのけて謝らなかったものの、後半、この法律の防衛能力を信じてしまい、尻すぼみに終わったので残念ではある。

糾弾はされなかったけどテレビで「活動家」に言及し批判した議員、衛藤晟一、衆議院本会議で抵抗した議員、高鳥修一（この人はずーっといろいろしぶとかった）、杉田水脈、参議院本会議でガチマジ造反した議員、青山繁晴、和田政宗、元参議院議長山東昭子。ていうかここに書ききれない程の多くの自民保守が女性と子供を守るために抵抗した。青山繁晴はこの造反前に本人のブログで決意表明を書いている。私はこれを読んで国会乱入、切腹するのかと思い心配して、ついついコメント欄で止めてしまった。後で判った。多分造反というのはこれ程までにリスクのある事なのだ。議員生命がかかっているわけだ。なおかつ、青山は大法廷決定後にも産経新聞で批判を表明した。

『女肉男食』は複数の国会議員とその秘書から精読して貰うことが出来た。総理には私から資料として献本したがどうやら読んで貰えなかったようであった。

採決からほどなく、女性を守る議連が発足した。山谷えり子、片山さつき、橋本聖子共同代表、百人超えの大所帯で、女性スペース、経産省トイレ訴訟等、こちらの期待をうわまわる強い声明、抗議を出してくれた。片山はネットとの連携が良く採決前からこの議連にかけていた。首相への質問で「女性の安全は重要」という答弁を引き出している。

なお、この女守議連はＧＩＤ廃止派も会議に招いて意見を聞いている。寛容だと思った。

今までの作品を見ても判るように、私はこの党の上方、特に「電通左翼」「経団連左翼」の大物には恨みが深い。しかし今は、様々な議員が、時には稀に、民意を知る議員もいると知った。一方、野党はと思うと虚しさばかりである。結局入官問題でさえ何も逆らわず、お飾り反権力、口だけのまま、高プロでも何でも通してしまった。なのに女性や子供を性自認で潰す時だけは張り切ってきた。こんな左党は、そのまま一枚岩であればこそ沈没しそう。多分もう一生信用しないだろう。

さて、国会通過後、石川県ではジェンダー活動家らが、この国法を越えているとしか思えない性自認条例をつくると表明した。一旦は止ったようだが油断は出来ない。

埼玉県は民意を無視して過激な政策を試み続けていた。子供の留守番禁止条例は頓挫したけれど、ＬＧＢＴ政策に関しては強硬なままである。どちらも推進しようとしたのは稲田朋美の埼玉県後援会長である、埼玉県議会議員田村琢実である。他、細かい事は「号外」しかない「日本反ジェンダー新聞」を参照して欲しい。現在出荷分の『女肉男食』にも挟んでいるし、アマゾン、楽天、鳥影社のサイトからも読める。紙媒体しか見ない人も多いのでここにも（二〇五～二〇六頁に）収録した。

その上で、この法律の運用方法を決める議論や地方条例については、ともかく出来るだけ見続けながら、三年先の法律見直しまで、その他、運用の監視についても、ベトコンのように匍匐して進み出来る事をするしかないと思っていた。が、……。

３　三回戦今から、こんな裁判官は国家反逆罪にしろ

拙著『女肉男食』に既に書いたように、日本を性自認国にする方法は二通りある。ひとつは今までに述べた性自認法、ジェンダー保護法を成立させる事、もうひとつはＧＩＤ特例法が死守して来た手術要件の撤廃である。つまり、……。

このうちのどちらかをやらかしてしまえば、日本の近代化はなかった事になる。長きにわたる仏教文化圏の、肉体優先の歴史が消える。そもそも女という、普段主語で使っている言葉の定義が変われば、まるで心臓の止まった体の血管や神経のように、文法も文脈も意味を失ってしまう。

同時に従来の女についての膨大な記述が無効になる。ていうか、……。

　そんな定義を法律に入れてしまえば少なくとも日本国憲法において、天皇、平等、女性、表現の自由に関する部分が破壊される。なのに、例えば辞書なども、——最近では三省堂などがこの壊れた定義を勝手に入れている。ふん、「使っているからそれはある」などと言って入れてしまうのなら、そんな辞書は既に辞書ではない。だって正しくもなんともない、明らかに現実離れした用法を載せてしまったのだから。それは社会を混乱させ、現実を妄想に従わせる「新定義」なのだから。

　ともかく女消が完成したら女は消える。それと同時にGID特例者も消されてしまう（というツイートもあった、この呟き人は悪法に反対して顔出し記者会見もしている当事者である）。

　最高裁はどのような決定をくだすだろう。今回は判決ではなく決定というもの（判決とは違う）が下るそうだと悩み怒りつつ、女たちのデモは最高裁前でも、国会前でも行われた。

　この時、「女性スペースを守る諸団体と有志の連絡会」は二万人に及ぶ手術要件撤廃についての反対署名を最高裁に提出した。すると判決直前、NHKはこの署名提出を報道した。それで、——「あかん、多分やられる」と私は思った。というのも、……。

　大きいメディアに関し、TPPの時もそういうパターンだったからだ。ことにNHKのような最悪のメディアが「自由な」報道をして来る時には、既に手遅れになっているはずだと予想できた。さて、……。

二〇二三年十月二十五日、最高裁大法廷は裁判官十五人の一致でＧＩＤ特例法における四号（内性器、生殖能力）要件を違憲と判断した。五号については（外性器形状を相似形にする）要件を判断しなかった広島高裁に差し戻した。つまりこの差戻しの理由は審議の不徹底である。という事は、「判断しないのは審議の不徹底だよもっとちゃんとやれそれで違憲にしろ」という意味かもしれなかった。というのも、――最高裁からの高裁差戻しならば従来の裁判ではその傾向が多いからである。

既に性自認推し活動家のハイデガー研究者などは、十月二十五日の大法廷決定を踏まえた上で、「続く五号もまもなくほぼ確実に違憲判断が出る、半年待てば法改正なしで戸籍が変えられる（要約）」というツイートをした。私をヘイト呼ばわりしていた新人評論家がそれをリツイートした。

私はこの件が本当かどうかを、立法に関与する人物のお手伝いをしている女性に尋ねてみた。するとと法的にはやはりＧＩＤ特例法が改正されてからなのではないか、という回答であった。が、……。

五号要件に関し、この違憲決定だけでもう、ある条件を満たせば（後述）女から男への戸籍性別変更が出来ると、法務省が認めたというニュースがたちまち出た。

すると女性から男性への戸籍性別変更をすれば異性婚で女同士結婚出来るようになるのかもしれないのだ。ただ、無論、自然体のレズビアンの人は結婚出来ない。同じ女同士なのに損な気がする。まあともかく、この五号、四号の決定を分けて、今から素人なりに評価して行く。

まず、生殖腺除去等の内性器手術、四号要件について。

四号要件に該当する違憲の条文は十三条なので、これは自由権に属する権利という事だろう。この十三条には「公共の福祉」で制限をかける事が出来る。

なお、この十三条の「公共の福祉」については十二条の総論的な公共の福祉と同じように、単なる訓示的規定に過ぎないという学説がある。つまり使えないと。

しかしそれだと実際に社会権に適用されている「公共の福祉」の説明が出来ないそうだ。という事は別にそんな学説を絶対視する必要はない。というわけで通常は社会権に、つまり生存権や幸福追求権に対してこの「公共の福祉」は使えるようである。

私は大学の法学部で「宇奈月温泉事件」の判例を習っている。多くの基本的人権が「公共の福祉」によって制限される事を学んでいる。で、もしひとりの女性を男と見なし、それで幸福を保証するとした時、その影響下に日本の女性の大半が不幸になるとしたら、それはなんとしても公共の福祉で制限をかけるしかないと思う。

しかしそれをせずにただ手術要件の撤廃をやってしまえば、大変な事になる。問題は女性の安全に止まらない。そもそも女性の医療、だけではない。要するに言論の自由に多大な悪影響がある。その事は海外の例で判っている。とはいうものの、……。

四号要件の手術は非常に大変だし、リスクがある。しかしだからと言って子宮や卵巣のような実際にある器官を「なかったこと」にする法律をつくってはいけない。そのまま医療制度や言語体系の中に女性の身体自体を黙殺する「政治的正しさ」が忍び込んでくる。

いわゆるトランス男性妊娠問題においてこれは顕著になる。例、——「俺は男性なので婦人科なんかかからない、産婦人科の婦人という名詞を見ると苦しくなるのでそんな名詞はあってはならない」という主張がある。これを以前から日本の男性自認活動家がツイートしている。もしこのままイギリスのようになれば、最悪、女性＝アダルトヒューマンフィーメルという定義が医学から消える。未手術の女性を男とみなすこの人権はあらゆる場所から女という言葉を、つまりは制度の主体となる女権を奪っていくのである。なるほど、——手術が怖いという気持ちは判るけれど、しないで男になれるのなら良いとは思うけれど、でも、そもそれで満足するような人に戸籍変更が必要なのか、他の女性全部を苦しめてでも、ことに共同トイレで殺されてしまうような小さい女の子を犠牲にしてでも、そんな人権が必要なのかと言いたい。

　にもかかわらず今回、――「海外における混乱状況が現特例法制度下で起こっていないから違憲決定後もオッケー」と司法は判断してしまっている。しかし実は今回のこの大法廷決定で今からそうなる恐れが出てきたのである。このままだと、女性の現実や肉体を無視した世界が始まってしまう。

　ねえ、「今始まってない」から「無視しても」いい？　最高裁はそこまで現実を舐めている？　判事たちは未来も予想出来ていないし、時系列も海外情報もない裁判をやってのける。

　なおこの生殖要件を満たす手術について、判決文だと、もし撤廃すれば、「自己の意思に反して身体への侵襲を受けない自由」が守れるとある。が、ハードだと言われる子宮の摘出も、まさに特例者、少数派、本人が自分の性的肉体に耐えきれないと取ってしまう場合がある。胸やペニスなどは恋人と性交する時に嫌悪感があるので取りたかったというケースがある。確かに究極の選択である。肉体を大切にするという大前提で、長年の強い苦悶により、そうするしかなかった人たちが戸籍の性別も変えたのである。その一方、……。

　自分の体を嫌でない人がなんで文字で書いてある名前だけは嫌なのだろう。もし、子や助の付いた性別ネームが嫌で自殺したいというのならば、親がその名を付けたのならば、それを聞いてなんと思うだろう。ていうか日本名なら水原秋桜子は男であるし赤染衛門とか女である。

私は子供の頃から自分はいつか男になる＝生えてくるとどこかで思っていた。思春期になると生理が来て絶望した。しかもそれが重かった事もあって自分の性別が一層嫌になったし、膠原病で全身に炎症があって若いころから痛みもあったから、その原因が難病と知るまではそれを、時に性別違和と感じていた時期もあった。言葉にすると「女の体を持っているのが辛い、今ある体が嫌だから死にたい」となる。

もし私が今の時代に不安定な思春期を送っていたらどうなっただろうと思うと戦慄する。例えば海外で次々と停止になっている、第二次性徴ブロック剤をもし使っていたら？

未成年の揺れ動く時期に間違ったジェンダー教育や安易な診断をされて、その結果劇薬を使用して、骨の異常、脳の萎縮、記憶力の悪化、自殺衝動の増加、失明、一生続く激痛、不妊、生涯の不感症などの悲劇的事態に陥ったとしたら。さらに成人になって、男性ホルモン、女性ホルモンを使用するとしてもやはりそれぞれ危険な副作用がある。なお、ホルモン剤であるステロイドは私自身が今自分の難病、混合性結合組織病の治療に使っていて、――大腿骨壊死、ミオパチー、白内障の進行、糖尿病、脱毛、多毛、多汗等、どんな危険性があるかわが身で知っている。特に私はずっとステロイドによる集中力の低下に悩まされている。

これらの薬を本来体の健康な人間、ことに未成年に自由に使う事をそのまま基本的人権にしてしまう国があるとしたら、そこは少なくとも民主主義国家ではない。ただの医療複合体の牧場にすぎない。

治療にも戸籍変更の条件にも入念に時間をかけていくというＧＩＤ特例法は、当事者の話をよく聞いて作った法律と聞く、何よりも長期的な強い苦悶があってそれ故に特例的な、希少な人のための究極の選択だ。そもそも戸籍という公文書に、医学的事実ではない別の事を書くとは、よほどの事である。

この特例法は本来人類の掟に逆らってでも希少な個人の一生を守るという趣旨のはずで、それを勝手に緩めて社会も憲法も破壊するような決定を出した裁判官など、既に（比喩としてだが）国家反逆罪で良い程である。だって、体を変えてしまってから後の生活のために戸籍性別を変えるのが本義だろう？

手術が途中までで納得出来た人には別の制度を考えるべきだ。そもそも大法廷少数意見の中にはこの「治療や手術のあり方が個々に多様であるから、手術を重要視する必要がない（要約）」というクイア思想裁判官がいるわけだが、この人達は判事でありながら性別も国家秩序も理解していない。ていうか、特例法の成立事情も何も判っていない。本末転倒、順番大丈夫か？

その上今回の司法の暴走は家事審判という制度の欠陥をついて行われた。つまり原告だけしかないタイプの裁判である以上、この決定の結果が国全体を変えてしまうのに、法務省くらいしか参加出来ないわけで。しかもどう見ても官僚は真面目にはやっていない。挙げ句に立法権は侵害されている。国民はひとことも何も言えず、ただ従うのみ。ていうか、こんな裁判官を内閣で選んでいるわけだ！！！

大切な事なので三回言います。裁判官を国民に選ばせろ、国民に選ばせろ、国民に選ばせろ、罷免制度なんかもあまりに緩すぎる。国民の半分が賛成しないと罷免出来ないなんて！！　今後はひとりの裁判官に二十万人の人が否定の印をつけたら、三年休ませる、それが二回続いたらクビ、とかそういうのにして欲しい。こうして、……。

今後は実際に、男の母、女の父が出て来るケースもある。まあ出てくるだけなら別に「髭のダンディな妊婦さん、多様な女の人」とか「割烹着の似合う可愛らしいお父さん」だけれど……。でも今までの言語の基本は破壊されてしまう。元の正常な言語を使っていると差別になってしまう。何よりも、――トランス男性はホルモン剤の注射を続けると五号要件がクリア出来る程男性器相似形の姿になる人がいるという事であるが、外観は男だとしても、例えば子供を産む時は男性ホルモンを減らして産むというし、産む以上肉体は女性なのではないだろうか？　例えばそれを男性への母体保護と呼べばどのような混乱が起こるかという話。

さらには性自認が男の妊婦に原発の掃除をさせるかどうか、そういう議論をしなければならない世界が来るのかもしれない。

またトランス女性の中には女性ホルモンで膨らませた父の乳房から生んでもいない子供に授乳するケースが海外にある。普通授乳期の母親は酒も薬も注意して断つのに、治療三昧の体で自己満足からそこまでして、赤ん坊の健康に影響はないのか？

このままだと今から、世の中が実際にそうなるまでは絶対に判らないような（でも海外ではすでに起こっている）混乱が起こって来る。

事例は海外に十分ある。しかもそれは女性のままでいる女性に対し限りなく侮辱的な状況である。

なお、言語において、私は文学の中で「男の母」とか「体は男、心は女」とかそういう実験をさんざんやっている（『母の発達』や『だいにっほん、おんたこめいわく史』）。なのでこれを法律に入れたらとんなに危険かを懸念出来るのだ。今後は私の作中にある「怪傑お母さん男」、「男のお母さん」という言葉も醜いＰＣ言語と一緒くたなのか？　その上に今後高裁で五号要件がもし違憲になれば、……。

さて、広島高裁に差戻された五号要件だが、その結果（違憲か合憲か）は（これを書いている二〇二三）年内に出るとも言われていた。が、いくらなんでもそこまで早くは出せないと思う（出なかった）。しかし半年以内なら（つまりこんな大事な問題なのに真面目にやっていないから）可能かもしれないと私などでも思う。さらに実際に違憲が出てしまえば、これは四号よりもっと、怖くすごい。

まず、適用されているのは十四条、平等権の適用である。これで男女平等パンチも人権になる。ともかく五号要件撤廃を主張するこの大法廷の少数意見には考えの甘さしか見る事が出来ない。例えば性別変更をするひとなど「数が少ないから大勢影響ない」と平気で言っている。けれど、戸籍性別の変更要件を緩めたらなりすましはやって来る。騙されて必要のない危険な薬を使ってしまい、一生取り返しの付かない体になる未成年の性転換まで出てくるのである。例えばイギリスでは「女から男になる」人が十年で四十倍になった。そんな中で四号撤廃よりもっときつい言論の不自由が迫るのである。そして、今ここに書いた事なども、――もし平等権、十四条で違憲決定が出たら、最悪全部ヘイトスピーチなだけではなく、罰金、逮捕の対象になってしまう。というのも、……。

今までの五号に違憲決定が出たら、平等法的新法を作る必要があるなどと言って、ジェンダー保護要件のある新しい「ヘイトスピーチ解消法」を作る事が出来るからだ。こんな判決を出させる国ならば多分やると思う。或いは知らぬ間に従来のヘイトスピーチ解消法の中にしれっと「ジェンダー保護」とかたった一語を入れる。それで全言語が終わりである。そう、自由権でも女の消滅、平等権なら言論の死、近代と医学と事実の終焉、……。

結局、最高裁はただの日本総督府裁判所だったのか？　これでは、砂川事件の時と何も変わらない。現在、「上」は世間知らずの裁判官十五人を使って、民意を蹂躪出来るという事をとことん思い知らせようとしているのだ。

まあ実際手術要件の撤廃に関し、この裁判の存在を知るまでは私だって、「もしやるのなら立法府でやるのだろう」と思っていた。いくらなんでも司法がやるか、という甘さがあった。なんとか保守議員が止めてくれるだろうとも思っていた。たとえ現総理がまっかっかのとことん共産党（今の）でも、女を守る議連は百人いるからと。なのに、……。

派閥のバランスだけで総裁になった人には有権者の顔なんか見えなかったって事だ。ともかくこれは三権分立ではない。司法の越権だ。しかもその司法さえ、米帝のいいなりだ。彼らは米帝以外に国がある事を理解しているのだろうか。ていうか、米帝内でも州レベルでは抵抗運動が起こっている。性自認国でさえもう揺り戻しが始まっている。

確かに日本のように手術要件を擁する国は珍しいけれど、例えばニュージーランドのような極度の植民地トラウマのきつい性自認国家でさえ、最近ではジェンダー教育、ジェンダーで区分けされたスポーツの見直しが始まった。ヘイトスピーチ解消法についても見直すという方針が新政権によってついに出ている。それこそこの世に不当な差別とそうでない差別が存在する事の検討が始まってしまうのである。

既に世界においては、性自認に基づく何か、というのがもう戦争の惨禍、ファシズムの爪跡みたいになり始めている。そういう一面が出てきている。ていうかＧＩＤ特例法は日本独自の法でキリスト教唯心論とは違う世界観を基に成立しているものだ。なのでここで欧米を真似してはいけない。それは東アジアの地面の上で生きていれば判る事、なのだが、……。

ゆっくりとはいえ、他国で抜けはじめているこの性自認法が、こうして日本を襲ってくる現状の中で、政治家に対して働きかける事にもう慣れてきていた女たちも、さて、ジェンダー主義化した司法に対してはまったくどうしていいか判らなかった。同志の弁護士もわたしの知人の弁護士も大変有能だが、それでも大法廷の決定や内情など、なかなか判らない。というのも判例自体が非常に少ないしその上に今回は異例の事態である。

実際、最高裁の裁判官などというものは議員と違って日常生活も非公開だ。世間から隔たったところで判断をするように温室培養される。ただ、彼らは新聞の投書欄だけは読むという話を私は聞いて、ともかく産経新聞の投書欄へと投書してみていた。結果は一勝二敗だった。

まず、この前哨戦である経産省トイレ訴訟について判決直前、産経新聞に投書をした。ひとつ採用になり、後二つは没になった。ただボツについては特に文句はない。その直後私の主張を上回る（私は投書の時は結構遠慮をして書く）はっきりした大きい記事が出ていたから。そもそも女守議連の、声のでかい声明も出ていたから。

まあどっちにしろ裁判官は私の投書など読まなかったのだろう。

要するに、最高裁はたった十五人のもやしっ子だけでこの民意を蹂躙した。或いはインテリなので朝日新聞しか読まないのかもしれなかった。で、最高裁決定後ともなると?

4　笑われても言ってみる「なりすまし、付け込み、不当糾弾粛清法」＝性自認限定（厳守）法

というわけでご存じかもしれないが今複数の反ジェンダー（イデオロギー）団体から、最高裁の暴走に対応するため、特例法の改定案が次々と出ている。とはいうものの、……。

「女性スペースを守る諸団体と有志の連絡会」から出たこの法案が、意外にも今までの印象と違いあまりにもぬるい。まだ五号要件の高裁決定が出ていないけれど、それにしても、議員との連絡が良い会なのに、この会には滝本太郎弁護士もいるのにこうなるのかとかなり心配になった。

或いは、このままでは司法独裁になってしまうのではと。――私がずっと必要だと言っていた特例法の厳格化はここにはない。法律の専門家が関与して作るからこそ、違憲にびびるのか。

実は以前から考えていた事だが、主要反ジェンダー（イデオロギー）団体と違う事を私は主張するつもりである。どんな馬鹿な事言ったって専門外、別に恥ずかしくはない。むしろ要望だけを出していいのだと開き直った。そんな素人のマイナーな意見からでも、ひとつでも、違う発想の逃げ道があれば良いと思うからだ。でもその前に、……。

ＧＩＤ特例法の改正案を専門家特製のを二つリンクする。

女性スペースを守る諸団体と有志の連絡会案
https://note.com/sws_jp/n/n52559495ca02

拝読するに、特例者を陰茎の有無だけで分けてしまっている。海外だと刑務所に入る性犯罪者の中には性自認を主張した上で陰茎を切除して、女子刑務所を望む人間がいる。中で暴力事件や性犯罪を起こすケースもある。

ＮＯ！セルフＩＤ女性の人権と安全を求める会の法案
https://no-self-id.com/2023/11/24/gidbill/

この会は少人数だが水面下でめざましい活躍をしている。独自の資料は専門家が勝手に某政策委員会に使うレベルである。また海外との連携も深く他国の情報収集とその事実確認に秀でている。代表の石上卯乃氏は世界組織ＷＤＩのコンタクトパーソンで、数ヵ月に一度イギリス本部に、日本であった事の報告書を書く。

というような会のこの法案は、——弁護士ではないが憲法やその適用に詳しい人物が参加して作られた。こちらはＧＩＤ特例法の厳格化が必要という立場であり、五号が違憲の場合手を引かざるを得なくなってくる部分にも言及している。ただ議員との連絡はごく一部ではあるけれどまだ十全ではなく、それ故に今不可能な要求を書いている可能性はある。また、五号が違憲にならない場合も想定しているので少しは強い態度に出ているとも言える。

どちらにしろ、最高裁は原告の言い分そのままのような決定を出しているため、こちら側にしてみれば今まで有効だった方策が逆に条文化しにくくなっている。特に女性スペース対策の行く手を塞いでいる。ていうか迎え撃とうとして待っていた道に壁がある。

これは、打つ手を知られている故の弱みという事か。

そんな中非力なり素人なりになんとかして、立法裁量の許される方法に逃げる手はないかなどと考えてみた。笑われるかもしれない。が、むしろこのような決定の後なればこそ、相手の予期していないところから始められないだろうか。

ていうか、女性スペースを守るという観点からの法律だけだと、この問題の根本にあるものを押し止めることは難しいと思う。ここでは性自認の表明を公共の福祉によって制限する事で、事態をくいとめられないかと考えてみた。つまり特例法と別次元の制限である。性自認そのものを審議する事で水際において、相手の侵入を食い止められるかどうかである。以前私は性自認制限法と言っていたけれど、今後は、「認められた正しい性自認」だけを許す性自認限定法とした方がいいかもしれない。

例えば、最高裁の決定文に出てくる性自認という単語は特例法適用者についてのみ言及されている。なのでそれ以外の人間の性自認には言及されていない。そんな中で性自認の一般化を禁ずる、厳格化することがなんとか立法裁量の中で出来ないだろうか。その上で、――戸籍変更後でも性自認が「偽物」と判ればすぐに性別をもとに戻す。或いは反社会性があるものの性自認は社会に混乱を招くので認めなくする。十四条の平等権にしても実際には「囚人だけ刑務所に入れるのは差別だ」などとは言っていない。なので、罪のない特例者の性自認だけは許すが犯罪者についてはその身体を牢屋に入れるように、その性自認を人権と認めない対応をする。さらに特例者以外では存在しえない、内心の自由でしかないものを、一律に全部の人間にあるかのように教育して、未成年を危険な治療に誘導する性自認教育はこれを性自認の強要、洗脳として禁止にする。

ただまあ、今回の決定はいちいち性同一性障害に紐付けられているものの、結局性自認はかなりやばく人権の範疇に食い込んでいる。しかしたとえ相当重要な基本的人権であっても、他者との人権や国全体の安全のためならば公共の福祉でくい止められる。

それを使ってこの特例者から犯罪者と犯罪予備軍を除くという事をとことんやる。

そもそも、「犯罪者と混ぜるな」と推進派までも言っているのである。実際、混ぜれば大半の性的少数者は誤解されて差別が深まり、分断が起こる。絶対混ぜないためには犯罪を犯した人間も過去に女性を脅かした人間も戸籍性別の変更など永遠にさせない、たとえ性別変更後でも元に戻してしまう事が必要である。だって「特例者に犯罪者はいないのだから」。

そう、五号撤廃で陰茎付き女性の女湯侵入という懸念を述べると、必ず「性犯罪者とトランス女性を混ぜたヘイトスピーチ」だと批判されるのだから、……。

しかしこの観点で問題になるのは実はトランス女性となりすましの区別が付かないという事だけではない。そもそもトランス女性の性犯罪者が実在しているという事実である。例えば英国の刑務所などでは、陰茎のあるまま女子刑務所に入っておいて、トランスの権利として配られる女性ホルモン薬をのまないでトイレに流しているのもいる。リーズ市の女性市議がこの不当な状況を演説で訴えている。米国もカリフォルニア州では女子刑務所内でコンドームを配っている。

そもそも、性犯罪者ばかりかトランス女性で女性を何人も殺している殺人者がいる。海外では例えば、……。

ダナ・リバーズ事件のように、レズビアンの同居一家を皆殺しにしたトランス女性が上級裁判決において、判事から「自分（＝判事）が担当したここ三十三年間で最悪の犯罪」と言われ、終身刑に処せられている。しかしその結果はというと、結局はトランス女性であると認められたまま、女子刑務所に入ってしまっている。これは別の意味で犯人の天国だろう？　つまりは他の女囚の地獄だろう？　理論的に言えば「女子刑務所に入りたいから性犯罪をやった」という方向もあり得るのだ。結論？

犯罪を犯したら性別を戻せ！「そいつをなりすましとみなせ」しかない。これあるのみである。無論、犯罪歴のあるものは戸籍変更させない。勝手な手術もさせない。

或いはもっと良い方法として、公共の福祉により、性犯罪を犯した人間の性自認をたとえ基本的人権ぎりぎりの何かであったとしても公共のために制限すれば良いのである（最高裁大法廷は、この性自認をＧＩＤ特例者に限っての言及だが、「個人の人格的存在と結びついた重要な法的利益」と言っている。しかしなんであれ、内心にかかわる問題の範囲という意味であれば、公共の福祉で制限できるのではないか）。

そうすれば、真面目にやっている特例者が誤解される事もない。

但し安易に本人だけを罰するのではない。関係した医師が誤診であったとか、周辺の人間全員の責任も問う。そもそもある人の性自認が、法益を受けるべき性自認かどうかは専門家が判断するしかないはずだからである。

基本、性自認はつねに見守られ、その真贋を検査されるものとする。女子スペースも免許取得制にするかその許可前にきびしい審査をする。戸籍性別変更後も要定期審査とする。もともと判定も出来ない心の性別だが、それでも特例者だけはそれに基づいた性別を許される。未手術者においては少々でも性自認の揺れがあったらジェンダーフルイドとみなし戸籍変更させない。また、真の特例者が嫌われる原因になるのでどのような軽い犯罪でも戸籍性別の変更をさせない。

戸籍性別は死ぬまで審査されて時に戻されるしかない要件とする。あとこれは要議論かもだが、トランス男性が妊娠したら、女に戻す。

なお、この立法趣旨は、ＬＧＢＴ理解増進法留意事項に決められた国民の安心を保証するためと、性自認という一部特例者にしか認めないものがいかに限定された狭い厳しいものであるかを国民全体、特に行政窓口に理解して貰う事である。混乱をさけて憎悪を防止するため、認めるべきでない性自認を公共の福祉によって徹底排除する（五号はもし合憲でも多分ここからの攻防になると思う）。

この立法事実は、言うまでもない。ターフも当事者もよく知っている、様々な海外と日本の事件である。という流れから以下の事を禁止するまたは処罰する法律をつくる。

1　なりすまし（性的少数者を装う性犯罪者、心は女、だけで勝手な事する人）の重罰。

2　つけこみ（例、英国平等法において本来保護対象でもないジェンダーに対し、あたかも保護対象であるように錯覚させて、不当に女子更衣室を使う等の行為）の重罰。

3　エセLGBT、一般の無知を良いことに性自認を拡大解釈して行う不当糾弾の重罰。

4　他部門、男女参画等から性自認政策に勝手に引っ張る予算流用の禁止、重罰。

5　性自認の範囲を特例者以外に拡大する、誤った性自認教育の禁止と責任者の解雇。

6　行政による女子スペース抹消の禁止、犯罪が起きた施設管理者と設計責任者（建築家等）の処罰。

7　病院婦人科の名称変更等、性別を隠させ言語体系を混乱させる行為の禁止、これは公的なもののみ、つまり文学などにすると私の作品などは禁止になってしまうから。

8　学術研究や単位の取得に際し拡大した性自認概念を含む授業の禁止、これで大半のジェンダーカルトは止まる。小学校などで心の性別を教えることの禁止。校内でのドラァグクイーンパフォーマンスの禁止。但し、――児童の中で身体違和を訴えるものへのカウンセリング等は専門医複数の診断を経た上で行っても良い。

9　LGBTQまたはLGBTQ＋等の国法も最高裁も想定していない不正な表示の処罰。――自治体ばかりか国会でも、このQをクエスチョニングと称して使っている人々がいるが駐日米国大使館の見解ではQはクイアである（外交でも誤解されるので禁止すべき）。

10　性自認批判デモの妨害行為禁止。＝差別禁止法をジェンダー、性自認要件で作らせない。

11　戸籍変更した人物が犯罪、特に性犯罪を犯した時、元の性別に戻すための法律。性犯罪はＳＮＳ等での卑猥なツイート等もこれに含まれる。中でも重罪の犯人に学校、部活等で拡大した性自認指導をしていた教師は児童虐待で、診断、投薬、手術した医師は医療過誤で処罰。

12　無辜の未成年が性自認を誤解して不可逆の治療を受けた場合教師、医師は処罰。

13　未手術かどうかに関わらず変更性別を利用して性犯罪や児童虐待を行うと重罪。

14　議員、教員等、公的人物及び公的報道の対象となる人物は元の性別を公開する義務がある。犯罪者も報道は身体性別で。芸術家等でも性別が作品の評価に影響を与えているケースは同様。つまり、いわゆる禁アウティングの対象にはしない。

15　アメリカのいくつかの州の女性の権利宣言に「但し特例者でなりすまし粛清法や性自認限定法に反しない者をここに含む」と付け加えた宣言を出す。

16　風呂、トイレ内の軽い性犯罪でも異性、同性関係なく重罪にする。これで男子トイレで苛められるトランス女性もハッテン場にされた銭湯も助かる。

素人の考えで笑われるだけだが法律は官僚が作るのであって、請願、または陳情などする人々は素人の要望をのべれば良いと思う。立法裁量の選択肢は違憲でない限りかなり自由なので一見関係ない領域から、あちこちからとことんやってもらう。

5　これからどうするのか、結局逮捕されるまで私は書く

事態は進行する一方だがくい止めの闘争はこの国ではまだちゃんと続いている。だって某ファシズム政権でも二十年は持たなかったよ？　ここ三年程私はただ運動の後ろから付いていっただけだが、戦いの経緯も成果もずっと見て書いてきた。なのでへこんではいない。

今は理解増進法を全体に評価してどうこうという段階ではないと思う。ある程度でも抵抗成分が入っているならば、それを武器にして法律の運用をするしかない。但し地方条例を抑えるためにすごく有効とか、そのために作ったとかは言い過ぎに決まっている。だが、それでも使えるところを使って、一町一村ずつ、しらみ潰しに抵抗して行くときではないのかと思っている。例えばこの決定まで私は理解増進法十二条の留意事項を使って子供にクイア文化を刷り込む美術館に本名で抗議文を送ったりいろいろやってみていた。

ともかく楽観も悲観もまだ早いと思う。しかも実はどっちが勝つか負けるかという話でもないのだ。つまり、もし女たちがここで諦めれば人類はそのまま滅ぶだけだから。とはいえ、この旗はそんなには続かないと思う。

（終）

追記

二〇二三年十二月十七日、ＬＧＢＴ理解増進法の運用が発表された。あまりに簡単すぎるもので私は不安である。民間を自由にさせ過ぎているし、女性スペースへの言及も甘い。国会答弁をもっとよく生かして、さらに一八八～一九〇頁のようにやってもらいたい。

【注】

（注1）性自認法とは、それは体の性別よりも魂の性別を優越させ、魂＝自己申告だけの性別を人権化する法である。この心の性別とやらをあたかも現実であるかのように客観視するのは西洋の妄念で、それはキリスト教が魔女狩りをやっていた頃、教会が免罪符を売っていたレベルの唯心論である。つまりもし魂に性別が「ある」としても、それは文学の中にあるか、或いはまさに性転換手術を受けざるを得ないような、特例的なひとびとの中にしかない。ていうか、そもそもその性転換希望者や手術完遂当事者であっても、実はこの性自認法に反対する人も多い。また、直接には性自認と関係ないゲイやレズビアンの人でも、特に穏健な保守系の人々は性自認を認めない。手術完遂当事者でさえ性自認など信じないとか、そんなものは判らないという人までいる。なおかつ、このような考え方は仏教徒や唯物論者の自由を侵害している。例えば仏教においては肉体が第一、即身仏も解脱も、越えるべき肉体

の重要性から発している。

結局、近代から新世紀に至ってもまだ、西洋は中世のキリスト教的な体感から抜けきれていなかった。だからこんなひどい事になってしまったのだ。また思い上がった学術エリートや富豪連中の肉体感覚が希薄というのも、お金や権力に守られて現実から目を背け、勝手な事が出来るからにすぎないのだ。そんな中で国境が希薄になった新世紀に欧米が中世に先祖帰りし、なおかつ常識を破壊すれば搾取に便利と思うネオリベ経済がこれを利用したのだ。

さらにこの性自認は、イスラム教国などで自分の子供や自分自身の同性愛を否認するために使われている。肉体は男でも心は女、だから男同士で付き合っているように見えてもこれは異性愛だ、という理屈になっている。ある意味、難解過ぎる、パズル感覚の思想とも言える。なおかつどう見ても相当なゲイフォビア（否認、自己嫌悪含め）がここには見て取れる。

この妄念＝性自認に関して今まで常識を生きてきた一般市民が、ここで無理に理解する必要はない。ていうかこれ、世界企業や地球で何人というような富豪が支援している案件なのである。売春合法化や代理母合法化と共にやっている巨大事業である。

（注2）別にジェンダーアイデンティティーと長く書いてなくてもただ単にジェンダーと書いてあればそれはウイルスである。その一語だけで臓器移植の法律などが怖い事になる。もしひとつの法律にジェンダー保護という言葉が入っていた場合それは「自分が思う性別を人権として保護する」という意味にな

る。とすると例えば、男が女の子宮を移植して女の肉体を獲得しようとした時、これが基本的人権になってしまう。同時に天然に子宮を持っている多くの女性は「持てる者、強者」として「差別者」に仕立て上げられる。女になりたい男が「差別者め、その子宮を俺に寄越すんだ移植するからな」と言ってきた時に、百パーセント激怒して相手を怒鳴る事が出来なくなるのである。

ともかくジェンダーの保護はしてはならない。というかジェンダーという言葉を法律に入れてはならない。またジェンダー学なども必須単位にしたり義務教育に入れてはならない。ジェンダー平等という言葉などは地獄の使いである。詳しくはこの二〇二三年四月に出した『女肉男食　ジェンダーの怖い話』に書いた。

このジェンダー平等は左系政党が平気で使うけれど、使っていればもう性自認党、ジェンダー党である。

例えば福島瑞穂などはこの法律や制度を実行しているノルウェーを視察した結果、「メール一本で性別が変えられる」国と紹介している。無論そんな事をしたら混乱が起こるはずだ。が、ノルウェーにおいては「性自認が大切だ」と言う事だそうだ。言うまでもなく福島はこの性自認の支持者である。

なお、福島は、かつて沖縄を守るために民主党政権下で得ていた大臣の地位を捨てたはずの議員である。しかし今は「日本総督府総督」沖縄に冷たいエマニュエルと連帯し、全人類の半分を家畜化したい、米帝民主党のお友達である。結局米国が共和党政権であるか民主党政権であるか、野党の姿勢はこれでころりと変わるという例ではないのだろうか。つまりは米帝民主党に付いていけば左党でも政権が取れると思い込み、舞い上がってしまうのかも。

（注3）性自認法は、基本何かに仕込まれてやって来るウイルスである。これは立法事実とか立法の趣旨と無関係に、ただその法のどこかに性自認という言葉が入っていればそれは性自認法となってしまうから注意すべしという話なのだ。例えば、もし日本のあるひとつの法律が百条あって、その中のただひとつの条文の中に、「性自認」という日本語が法的に肯定されて含まれていたら、それはもう性自認法と言うべきである。なお、そればかりではなく、たとえ条文に入っていなくてもこの一語が、付帯決議とか本来さして拘束力もないところに隠されていても、それでもその法は性自認法に化ける。あるいは杉並区のように、該当条文自体には「性」という言葉しか入っていなくとも、その運用において、性自認と無理やり入っていれば、その条文もまた性自認法になってしまう。

海外では二〇一六年に、人種、宗教、年齢、性別、性的指向に基づいた差別を禁止するカナダ人権法に性自認が加わった。刑法が定める、ヘイトスピーチの保護対象にトランスジェンダーが加わり、世の中は悪いほうに一変した。またカナダ・オンタリオ州ではある法律の中に性自認と一言入っただけで、それは親から子供を引き離せる法律にばけてしまった。また立憲民主党が理解増進法成立直前に出して来た付帯決議案の中には非常に危険な差別禁止法とともに、性自認の一語が入っていた。

（注4）性自認を支える代表的富豪である。（最近一応引退したけど三十代の息子が後を継いで政策とかはほ

ぼ変わっていない）、私がこの名をあげただけで多くのインテリは陰謀論と決め付けて来る。しかし、……。

例えば、二〇一九年九月十七日の朝日新聞（一部有料記事）、ソロスの発言とともに、「市民による市民のための政策提案　ソロス氏財団も後押し」という見出しがある（https://www.asahi.com/articles/ASM9J62PTM9JULZU009.html）。ここで支援の対象にされているのは無論日本の市民なのだが、バイデンの選挙に大金を支援しているこの人物は別に日本の選挙権をもっているわけではない。また、長年日本に住んでいるわけでもない。なのに今から一個人の立場で、ただの市民がする政策提案に対し口も金も出すと言っているのである。けして貧者の一灯というやつではない。それどころか彼はおそらく天皇よりも総理よりも、金持ちである。また、日本にはこの記事に紹介されているＪＡＮＩＣという団体がありＮＰＯとソロスの財団との間に立っている（https://www.janic.org/blog/2019/12/27/kyouseifund2020_result/）。これは二〇一九年に多くの応募から選んだ日本のＮＰＯであり、ソロスの財団、オープンソサエティの支援先である。まず、そのものずばりのＬＧＢＴ法連合会が入っている。とはいえ、支援はＬＧＢＴ以外の団体にもなされているからそれは邪推だろうという反論があると思う。しかしこれらの団体の多くが実はジェンダー主義の支持、有名ターフへのネット嫌がらせ、団体サイトにおけるターフの差別者扱いなど、様々な「反差別」運動を「自由意志で、個々に」やっている。金貰って批判するという「ひねくれ根性」は彼らには無いようである。さて、連帯が先なのか、支援が先なのか？　ソロスは確かに貧困や民族問題にも関心あるかもしれない。が、オリンピックの二年前でもあり、彼が求めているものが何かはこれで判るはずだ。

なお、ＬＧＢＴ、ＬＧＢＴＱ＋運動の支持財団は日本だと日本財団、キリン福祉財団等、企業では大手製薬会社の活躍が目立つようだが、……。

言うまでもなく、トランス治療は有望な医療市場であり、アメリカでもこの運動はファイザー等の医療複合体によって支持されている。その他の産業にはバドワイザーで知られるアンハイザー・ブッシュ、マクドナルド、マイクロソフト、日本ＩＢＭ、Ｐ＆Ｇジャパン、三井住友銀行、コカコーラ、サントリー、アサヒ等々。え、どうやって調べたって？

これ、例えば「ＬＧＢＴ　企業」等で検索すると、しばしば「ＰＲＩＤＥ指標　ゴールド認定」とか「レインボー認定」という言葉を引き連れて次々と出てくる。この他に早稲田大学（ＰＲＩＤＥ指標ゴールド認定）、電通、国立市、東京弁護士会（いずれもレインボー認定）等も出現する。ちなみにこのＰＲＩＤＥ指標（ゴールド、シルバー、ブロンズ）とレインボー認定を出しているのは、work with Prideという一般社団法人、代表は石川県で性自認条例を提案したあの松中権氏である。判定規準の表示も「ＬＧＢＴＱ＋」になっている（詳しくはリンク集で）。他、トランスジェンダージャパンの支援をラッシュがやっている。

資料a

産経ニュース　二〇二三年五月二十六日午前六時　配信（無断転載・複写不可）
https://www.sankei.com/article/20230526-B6YKCFYNMFK5ZK5ZPSILOEJGS4/

【正論モーニング】LGBT法成立で「女が消える」芥川賞作家、笙野頼子氏が語る危険性

小島新一（産経新聞大阪正論室参与）

芥川賞作家で、男性との格差や性差といった女性問題について文学者として発言している笙野《しょうの》頼子氏が、性的少数者（LGBT）のうちトランスジェンダー（生来の性別と本人が思う性別＝「性自認」が異なる人）の権利拡大を目指す運動について、「女を消す運動だ」と批判している。名付けて「女消《メケシ》」。自民・公明両党が国会に提出したLGBT法案が女性の安全を脅かすとの懸

念が高まる中、笙野氏は産経新聞のインタビューに応じ、「いまのフェミニズムは女性のためのものではない」などと語り、法案への反対を表明した。

ＬＧＢＴはレズビアン、ゲイ、バイセクシュアル、トランスジェンダーの頭文字をあわせた略称。自民党が用意した法案は当初、「性的指向及び性自認を理由とする差別は許されない」としていた。性自認は自分の認識する性別に過ぎず、男性が自身は女性だと偽称して女子トイレや女湯に入ることを防ぐことができなくなるなどの懸念が噴出。実際に海外ではトランスジェンダーを自称する男が女性施設に入り、女性に性的暴行を加える事件が続発している。

笙野氏は、ＬＧＢＴ運動推進派から受けたバッシングも証言し、反対派と議論しない推進派の独善的体質を批判した。

消えた「女性専用」

――ＬＧＢＴ運動を、「女消《メケシ》」という言葉で批判されています

「はい、現在のＬＧＢＴ運動が、女性という言葉、女性の権利、歴史、抗議や被害の記録を禁止して女の存在自体を消す、という意味で『女消』と呼んでいます。私の造語ですが、思い込みではありません。英語圏では、ＬＧＢＴ運動を後押しする米国のバイデン政権を批判するのに＃ＢｉｄｅｎＥｒａｓｅｄＷｏｍｅｎ（バイデンが女性を消す）というハッシュタグ（ＳＮＳ＝会員

制交流サイト上の検索目印）が使われています。

例えば新宿・歌舞伎町タワーの『オールジェンダー・トイレ』は、ＬＧＢＴ、特にＴ、トランスジェンダーが気がねせず使えるようにするという意図で設計されています。その結果、肉体の性別を無視したトイレができました。女性専用のスペースが消えたのです。

ＬＧＢＴ差別を一掃するという名目の共同便所ですが、実はＬＧＢの人たちはそんなトイレを望んでいませんし、反対するＴの人たちもいる。騒動になった後、民意に応えた議員が視察にも来てくれ、今は改修予定とネットの記事に出ていましたが、改修したら『ＬＧＢＴ差別』ですか？　女子トイレとはかつて、共同トイレで女児が惨殺された後にできたものです」

変質したフェミニズム

――フェミニズムは男女の区別は差別だと主張してきました。「男らしさ・女らしさ」を否定し、海外では「父・母・娘・息子」という言葉も消されつつある。「女性が消える」のも、そんな運動の帰結のように思えます。フェミニズムは女性の敵になった？

「本来のウーマン・リブは『らしさ』の見直しをする一方、体の差には配慮をする主張であり、女のためだけの運動でした。しかし新世紀の『フェミニズム』は激変しています。売春、代理母に肯定的で、肉体や性別を黙殺する。フェミニズムは女のものではないというのが今のマスコミ、アカデミックフェミニストの主張です。生来女性の権利を求める本来のフェミニズムはマスコミと学術から運動も著書も黙殺され、発言すれば差別者とされます。

フェミニズムの主要な用語である『ジェンダー』という言葉も、使われ方が真逆になりました。かつては男性が女性に押し付けた損な役割という意味で、その解消が目標でした。一方、現在のＬＧＢＴ運動でのジェンダーは生物学的性別とは離れた性自認＝『心の性別』を意味し、法的に保護すべきものとされます。解消すべきものから保護対象に変わったんですね」

――男女共同参画基本法（平成11年成立）は、その「男性が女性に押し付けた損な役割」を「固定的な性別役割分担」と呼んで解消をうたうなどフェミニストが求めるがままの内容で、保守派から「専業主婦差別」などと批判されました。それでも「ジェンダー」という文言は条文には盛り込まれませんでした。自然科学で証明された概念ではなく、法律にそぐわないと判断されたからです。盛り込まれていたら混乱をきたしていたでしょう

「自公両党が国会に提出したＬＧＢＴ法案に当初あった『性自認』も同類です。身体的性別から離れた『心の性』は自然科学的にあり得るのか。法制化できるのか。魂は肉体あってのもの。それが近代です。

女性差別の原因もまず、男とは異なる女性の肉体です。この肉体を表現し独自の権利と安全を確保するために、女性という言葉、女性という主語、女性だけの場所が必要なのです。

現在の日本の社会秩序やそれを支える法体系は、不十分とはいえそのことを前提としています。男女の肉体の区別を無視した、性自認やジェンダーを法律で認めてしまうと、法体系と社会秩序が崩壊します。

いまのフェミニズムは学術に直結し、近代的秩序の解体を目指すポスト・モダンの哲学の影響を受けています。そんな哲学を現実を扱う法律に反映させてはいけません」

執拗《しつよう》なバッシング

——笙野さんは、もともとは日本共産党の機関紙、赤旗の常連投稿者で、いわゆる左派です。それがLGBT運動を批判することで、運動推進派から激しいバッシングに遭われている

「私たちへのネット上などでのバッシングは酷《ひど》く、いまも続いています。私は文芸誌上でも批判され、大手文芸誌で発表した作品の単行本化もできませんでした。幸い勇気ある小出版社が出してくれ(『笙野頼子発禁小説集』鳥影社)、新刊(『女肉男食　ジェンダーの怖い話』)もそこから出ました」

——いわゆる「キャンセル・カルチャー」ですね。有名人らをSNS上で糾弾し、不買運動などで仕事に就いていられなくし、社会的に排除する。ファンタジー小説『ハリー・ポッター』シリーズの作者、J・K・ローリングさんもトランス女性をめぐる発言で被害に遭っています。殺

害予告を受けるなど過激で危険なものだったようです
「攻撃は執拗です。２０２１（令和３）年に自民党と野党がまとめたＬＧＢＴ法案が国会に提出されそうになったとき、一緒に阻止運動をした中には繊細なＬＧＢＴ当事者や小さい娘のために声を上げた若いお母さんたちがいました。彼らも『差別者だ』『人殺し』と攻撃され、心身不調になり運動から離れた人も多くいます」

封殺される議論

――キャンセル・カルチャーは、ＬＧＢＴや人種などをめぐる差別反対運動、いわゆる「政治的正しさ（ポリティカル・コレクトネス）」を進める側からなされることが多いですね
「はい、今のＬＧＢＴ推進派のかなりの人たちが、『正しさ』『正義』は自分たちだけのものと信じ、反対派との議論を拒み続けています。『差別者だ』といわれた市民たちが『いつ、どこで、何をいったのか、具体的に明らかにしてください』と求めると、『そのヘイトスピーチをやめなさい』と応答し、質問も議論も拒絶しつつ『勉強しなさい』と命令してきます」
――ＬＧＢＴ法案は成立させてよいのでしょうか
「自民党はＬＧＢＴ法案を国会に提出するにあたり、『性自認』を『性同一性』という文言に修正しました。どちらも英語では『ジェンダー・アイデンティティ』ですが、古い訳語の『性同一

性』のほうは、法的な性別変更の要件を厳格に定めた、性同一性障害特例法に紐《ひも》づけられていて、法的にも日本特有の言葉になっているはず。でもね、もしこの法ができた後で海外から男が女湯に入りに来たらなんて言い訳します？　英訳は同じですよ？　海外や日本の地方自治体の例を見ても、法がどうであれ結局は解釈や運用が暴走していますしね。今回の法案など審議すること自体反対です。

むしろジェンダー規制法が必要です。まず女性とは生物学的女性であると定義し、子供には無理な性自認教育や未成年に危険なホルモンなどによる性別移行治療を禁止し、すべての利権化を防ぐ。そこからです」（大阪正論室参与　小島新一）

女肉男食・号外

日本反ジェンダー新聞

編集・発行人　笙野頼子

LGBT法強行成立、さて今後は？　気になる暴走運用、一晩で開いた要修理の穴？　二つの小さい希望、今から出来る事を

1　誤植の訂正と捕捉
一〇頁一三行目　狂っていきたか→狂ってきたか／四五頁九行目　「直腸」の上に「一例、」と入れる／五七頁五行目　下り→件／六七頁一三行目　ぼろぼろに）→ぼろぼろに）／七〇頁一七行目　一件→一見／七六頁冒頭　昨年→一昨年／一〇八頁一〇行目　であるとと→であると／一一〇頁一〇行目　というのもは→というものは／一一三頁後ろから七行目　「作る事です」の後に「さらに男子用女子用を大きく表示してそれぞれの入口を離す。身障者用に女性専用を作る事も必要です。」と入れる

2　用語更新
本書で反ジェンダー法、筆者の産経インタビューではジェンダー規制法と言っていましたが、今後は性自認制限法という前作にあった呼称に戻ります。

3　では本題です。まず通ってしまった条文を見ます。参議院サイトから
https://www.sangiin.go.jp/japanese/joho1/kousei/gian/211/pdf/s0902110132110.pdf

ティ」云々とあります。採決直前まで性同一性とあったところに横文字が一晩で入ったんですね。本書で言う、危険な性自認が戻った可能性が出てくるんです。ただしそれも今後の運用次第、どうなるかは誰にも判りません。ともかく、——今からは性自認成分の芽を見つけたらすぐ、盆栽化してから枯らす事です。新法は反対派議員や知識がある国民の努力次第で、現状の食い止めに使えるところはあるけどやはり直に性自認規制法を作るべきでした。何よりも三年先の見直しにおいて、こっそりと性自認の一語が入ったら大変です。今から監視、記録、警戒あるのみです。なお、この心配な横文字、ジェンダーアイデンティティが入ったのは衆院内閣委員会の前日でした。こんな直前に一晩でです。というのも——法案自体に党内も野党も大反対の中、自民は公明の賛成だけは取り付けたものの、野党が次々と対案を出していましたから。その中で非常に危険な立民、社民、共産の露骨に性自認入りにさせた合同案は問題外となりました。他、立民の出した性自認入り附帯決議も拒否されました（立民は同性婚の案を出すときでもこの性自認を入れています。海外では同性婚の付帯決議に入れる等の方法で持ち込まれました）。一方自民案より評判の良い維新国民案の方は自民とのすり合わせが行われましたが、ここでウイルスもついたかもという話ですね。政府は自公だけでの採決を免れたけれど、本来の議員立法は全会一致が基本。しかも一度決まれば改正は面倒です。確かに、——維新国民案の拝借により、民間団体への支援義務がなくなり、教育現場についての（＝六〇頁の悲劇の契機ともなりうる）義務規定も外され（ただ他のところに努力義務で一緒くたに残っているからまだ心配）、それと引換えか？　性同一性、性自認の両方を表す可能性のある、英語ジェン

さて、では、また成立した条文を見ます。ジェンダーアイデンティティの定義について、ここに性同一性と言う文字が残っています。この条文は最初『性同一性』とは、「自己の属する性別についての認識に関するその同一性の有無又は程度に関わる意識をいう」となっていて、循環論でした。無論これでもまだ曖昧なので、この用語を性同一性障害（ＧＩＤ）特例法に紐付けて明確化してくれ、医学用語で確定してくれというお願いも人々（含私）はしていました。でもそれは今後絶対頼むとして、今現在の条文についてですね。この横文字は「その同一性の有無、程度」と規定され性同一性に基づいているように見えてはいます。ならばこのジェンダーアイデンティティは日本独特の用語と思っていいのでしょうか？そして海外から来て女湯に入ろうとするパスポートの性別だけ女という人物を規制できるのでしょうか？　まあそれでも、多くの保守議員がこれにより「条文中のジェンダーアイデンティティはまさに性同一性のことだ」と安心したのですね。つまり性同一性はわが国で独特の発展、使用法、意味を付加された医学用語であり、時間的要素をも含む「同一性」で規定されていると保守議員は解釈したのです。でも新法ならばその解釈を巡って訴訟は起こせます。裁判になればその原告はこの法のこの横文字の中には性自認が含まれると主張してきます。だけではなく定義を従来の法律に結び付けておかなかったがために、例えば「この同一性の時間的要素を示す部分とはただジェンダーフルイド（三四頁参照）を排除するだけのものでその他の性自認は残ります」という意見も出るはずです。は？　性同一性の時間的要素と言われても判りにくいですか？　例えば、——これは私の見解ですが、まず、時間とは客観的なも

のですよね？　例えば「何日何月何時から何時間の間私はこう感じました」とか「十年間の間、私が苦しんだことは病院の記録に残っています」とか、これならＧＩＤ特例法の戸籍変更者やその予定者くらいしか対象になりませんね。同性愛と性転換の保護だけになりますね（まあそれだって実は彼らに対してなら何もＬＧＢＴと言わなくても使える法律はあるのです、ただ同性婚がない）。でも、実際出来たのはもともとほころびがあるところへ一晩で穴が開いたものなんです。ともかく訴訟と運用は心配です。仮に推進派が入閣して文科大臣になったら、学校全部で性自認ベースの運用が始まるかもしれません。なんでもいいから作れ活用してやる、というＴＲＡのツイートもありました。海外でも日本でも既に性自認ベースの運用をやっています。さらに同一性そのものにも異論があります。政府は一刻も早くこの横文字に特例法の縛りをかけないと駄目なんです。そもそもエマニュエル大使と並んでＬＧＢＴデモを先導していた稲田朋美氏など一貫して性自認＝性同一性説を主張しています。稲田氏は成立を喜んでいるのです。デモで人が死ぬぞと怒っていたようなＴＲＡさえも泣き止んでより良い運用をと言い始めています。朝日新聞は「地方条例はこの法で押さえられない」という見解を載せていて石川県では性自認条例をという意見が出ています。しかもラーム・エマニュエル駐日大使はこの法律をＬＧＢＴＱＩ＋と称しています。このＱは駐日米国大使館サイトではクイア（九五頁参照）です。その上にＩ＝インターセックス（九五頁参照）は性分化疾患の当事者が怒る蔑称です。なお、例のクエスチョニング（九五頁参照）のＱもクイアのＱも新法の対称には入っていません。リンクの第二条第一項だと性的指向が同性愛、両性愛、あとは定義で同一性に言及のあ東京新聞も埼玉県のウェブサイトも表記はＱ入りです。条文に予算規定がないから公金チューチュー出来ないと言っていた関係者は産経インタビューで他の予算を使う事になると言っています。また東京某区では性自認という言葉がなく「性」という単語だけになっている差別禁止条項をガイドラインに性自認で掲載しています。大体、法律が国会通過した当日、施行の前とはいえ、某電鉄駅の女子トイレはある駅員のした女装男性への対応説明で炎上しその後の弁明で別の苦情を受けています。新法施行後の大手出版社は人権講習に代表的性自認派のＴＲＡを呼んでいます。東京都現代美術館では今海外で騒乱の種になっているドラァグクイーンに三歳から八歳対象で絵本の読み聞かせをさせるという企画を予告しています。しかし救いがないですね？　いえ、実はあるんです。まず、最初——例の横文字と引換えのように十二条に、「すべての国民が安心して生活出来るように留意する」と入りました。これ、安全ではなく安心とあります。「女湯に男がいると怖い」、「学校で性自認教育されると不安」、留意すべし、です。とはいえ、これ職場などで抗弁出来ますかね？

既に言えなくて国民は困っています。ならば有名無実なのか？　でもここにさらなる希望が出てきました、しかし条文にではない。それは性自認制限法を作ってくれそうで、運用の暴走も抑えてくれそうな自民党議員の新連盟、呼びかけ人だけでも五十名以上の多数で設立されました。その名も「全ての女性の安心・安全と女子スポーツの公平性等を守る議員連盟」、通称は「女性を守る議連」。——海外の混乱や実際の事件までもデマと言いつづけたＴＲＡですが、女達の声は国会答弁で事実として議事録に残りました。女湯に関しては男性の入浴を禁止した現行法が地方自治体に再通達されました。なのいと思います。例えば女性専用車問題も含め、一度警視総監と面談して欲しいです。また、その他にこの議連へのお願いです。——今から理不尽に被告にされる「差別者」への訴訟相談や費用の貸与をして欲しいです。さらに通報者が職場や自治体に名出しで声を上げると危険なので政府に直通の、匿名通報窓口を作ってください。そこに条文や理念法を越えた運用についての訴えがあれば、精査して遵法させて欲しい。また条文で保護対象にはなっていないＱ、クイア、クエスチョニングの表示や性分化疾患の人たちへの差別表現であるＩという呼称を公的に使わぬよう指導してください。男女参画などの予算も曖昧に使わせないで。そもそも理念法である以上、それ自体だけのために国家予算を付ける事は出来ないはずです。罰則規定もないので一方的な考えによる政策の押しつけも出来ませんね。また三年後の見直しでうまく廃案にと楽観的な人もいるけど何よりまず警戒を。暴走運用については十二条で抗議、通報、それで黙殺や放置をされたら証拠を残し、政府、自民党、公的機関、さらには選挙区内に反対派自民党議員がいれば県議市議でも良いので訴え、記録させてください。三年間を油断せずベトコンのように匍匐して進んでください。

女たちは成立まで異例の抵抗を続け少しだが得るものを得ました。それでも一晩で穴が出来ましたが既に反対派自民党議員と連携はあり、毒の入った場所も知っています。他国の失敗も見て進めます。私の本も複数の国政議員に精読して貰えました。さて最後に、——多くの女性たち、一緒に反対してくれたＬ、Ｇ、Ｂ、Ｔ当事者、答えた議員さん、反対を貫いた人、そして法案に関与して防御をするため、ぎりぎりで賛成に回った人達にも感謝します。この文を無償で校閲してくれた石上卯乃さんにお礼申し上げ

十八歳または二十歳になる猫

解禁要素

解禁というか、『猫沼』を書きおえてからひたすら反ジェンダーに突っ込んでしまい、書く機会がないいま、読者ブログ「笙野頼子資料室」までも更新停止になってしまったので、ピジョンの写真だけが溜まってゆく日々になってしまいました。猫の心配をしてくださる主要読者に対して、申し訳ない穴をあけておりました。

ともかく読者は私についてはまったく心配しません（書いていれば元気だと思ってくれるのです）が、この猫の状態だけは心配してくれるので、ここに「近況」を書いておきます。

なお、ねこ新聞等に書いたエッセイやペヨトル工房のツイッターに掲載して貰った読書猫等は、一冊に纏めてステュディオ・パラボリカから出す、ピジョンの写真付き猫エッセイに収録します。どうかその日まで「解禁」をお待ちくださいませ（なお、読書猫の画像にぶら下がり「差別作家の猫」とツイートしていた、某党ネットサポーターはついにアカウント凍結になりました）。

ピジョンが家に来て七年目に入る、今日は二〇二三年十一月の終わり、あと少したつと十八歳または二十歳になる。まさかこんなに長生きしてくれると思わなかった。そう、十八歳または二十歳になると私は今書いた、この猫は年齢が二つあるわけで。

というのも飼い主の急死から猫シェルターで一年過ごし、そこから家に来た猫であるから、判らない事もいろいろあって。

かつては二十三区の高級マンションで、ひとり暮らしの初老男性に溺愛されていた。お葬式では知らない人が沢山入って来たため、いきなり猛猫化したという隠れ化け猫である。シェルターに来てからもベテランのスタッフに三ヵ月懐かず、そもそも猫嫌い猫なので（そういうのがたまにいるらしい）いつも引っ込んでいて、そこの日光浴スペースにも一年入らなかった。

というと懐かない猫かと思うがそんな事はない。別に「私にだけ懐いた」自慢をしているのでもない。なんというか、……。

このピジョンはそういうシステムを自分で作っている。飼い主と決めた人間にしかお世話をさせない。その人は「おとうさん」なのでわがままを言ってもいい。でもそれ（＝わがまま）以外は「おとうさん」に絶対服従する。――たぶんここまでがデフォルトになっているはずだ。或いは前の飼い主がそう仕込んだのか。

まず投薬、身仕舞い、通常はたいへんやりやすい猫とも言える。吐くときは私を呼んで準備させて吐く。これは現在トイレ使いが目茶苦茶になっているにもかかわらず基本守っている。生理的に無理だろうと思うけどちゃんとやるのである。その一方、留守番させられて（あるいは私が気付かずに別室にいたりして）吐くときはすごい事になる。必ずと言っていいほど布類大半と、小型家電の上に吐くのである。まあ何にしろ一筋縄ではいかない。前の飼い主がどうしていたのかが実に知りたい。

「何かを聞く暇もなくぱたぱたとふいに引き取ったので、年齢は判らない」とシェルターの代表から私は告げられていた。

ちなみに私はこのピジョンとシェルターでの「お見合い」等まったくしていない。ずっとモニターの中の写真やデータを見て、遠い他県から連れてきてもらった。が、ピジョンは初めて来た私の家を元の家だと思い、私の事は最初、飼い主の差し向けた召使と認識したようだった。

「おとうさんはいつ来るの、このシーバ、おとうさんが買ってきたのよね？」といったぐあい。

そして電話などで、無論別件であるのに、「おとうさん」という言葉が出ると走って来て顔をみる。その他には家電のピーという音が聞こえると喜んでやってくる。

来た当日は寝るときもすぐに召使の側に来て、一晩中猫の頭突きを繰り返した。その二日後膝に乗って来た。ほどなく、「今までと違うのはなんか変だけど、この人がどうもおとうさんらしい、のよね？」という程度の認識になった。私は「そうだよ、おとうさんだよ」と言ってだましておいた。

猫シェルターの代表は、王族のような猫だと言っていた。ていうか最初から分離不安があった。その上で「お互い絶対服従」という困難な規則をこっちに強いて来た。私たちは対立してはならなかった。

思えばこれが典型的な猫というやつなのではないかと思った。それは無論、平均的な猫ではないという事。うちの猫たちは実はそんなに猫的ではなかったのだと、こいつが来てから思い知らされた。ギドウなどは犬に近いものがあった。ところがこのピジョンは、……。

異様なまでに完全に猫の成分で、例えば、裏切りで出来ていた。

まず、人が一番困る時に用をさせに来る。選んで買ってきた猫ベッドには寝ない。食事はいつも「これじゃないと嫌」と言う。ご飯を遠くへ行って大量に買って来たら、三日後にしれっと飽きてくれる。今は例の事情で現金がないので、近所に売っていない猫スープ等をちまちまとアマゾンで手に入れて出す。で、ふと見るとさっきまで拒否っていたありものを食べている。

まあ絶えず側にいてしかもひっきりなしに用を言いつけて、自分の意思さえ自分で把握せぬまま、朝から晩まで「いやー」、「つまんない」、「好きよー」、「おとうさーん」、「こっちこっち」とか「これやって」とか言っているわけで。しかも絶叫猫なので。

機嫌悪くても機嫌よくても例えば水ひとつ飲んでもうまければ絶叫、気に入らなくても絶叫、毛繕いは年なので既に自分でしないのだが、絶えず私をよびつけてさせる。終わると召使は叩き出すという感じで離れろというが、離れて五分程するともう分離不安になっていてぎゃあぎゃあ呼ぶ。最近は少しでも寝ていてくれるようになったので楽にはなっている。

猫は思いどおりにならないというけれどいくら何でも限度がある。写真もちゃんと撮らせない。思えばいつもカメラを睨んでくれてポーズを変えなかったギドウ、ドーラ、ルウルウ、モイラ、……モイラなどは早死にして死ぬまで人間に慣れなかったけど、それでもレンズを向けるとしっかりポーズしてくれた。なのにピジョンときたら、ずっと寝ていたときでもカメラを向けるとすぐに動く。かわいい顔はわざとか、意地悪か、……たちまち変顔する。

全体に前の猫は盟友という感じで人の顔を見て「大丈夫？」とかそういうところがあった。愛の溢れている猫もはにかんでするのも、どこか人間に近いものがあった。前の猫は猫同士の世界で既に社会性が育っていたというか。でも、ピジョンは違う。

自分が猫だという自覚もないまま、ただひとりの人間とくっつきあっていて、それだけで過ごしてきた。しかし相手は急死してしまったのだ。結果？　私に向かって、「あなたおとうさんでしょ」。動物とはいえ、社会も自我もない。こんな猫は初めてだ。でもおそらくはこれが、猫の本質だ。

「年齢の判らない老猫はこのシェルターでは十歳としておくのだが、どう見てももっと年を取っているので十二歳とした、そしてどちらの年齢にしろ元気な老猫である」とも私は聞いていた。シェルターでは歯を治して貰い血液検査もして貰い、食欲不振で二度死にかけた時も入院させて貰った。なのでそういう猫専門家の観察は確かだと思う。ただそれでも年齢は確定できなかった。性別は家に来てから雌と判明した。というわけで家に来た年は「十一歳または十三歳の時」というような表記になった。しかし猫病院のカルテには、そんな書き方は出来なかった、来てすぐに連れていって、問診票には若い方の年齢を、十一歳と記入した。そして今ついに、十八歳から二十歳に成ろうとしている。

どっちにしろ、既に気をつけなければならない年頃だ、と医師は言った。

ここへ来てからのピジョンは今までに医師から、「あと半年で死ぬ」と四回言われている。ただ、そう言った医者は今はもう何も言わなくなっている。

腎臓だって六年前に家に来たとき既に第三ステージだったのに数値はそのままだ。尿毒症とかまったくなっていなくて脱水もなくて、あるのは多尿だけ。数値が間違っているとしか思えないというか。——病院では医師の顔を見るだけでたちまち猛獣化し、終わって家に帰ると激怒し続け、疾走し、食欲などは増進するようだ。なお、この方の治療は高いので有名な最新薬でやっている。その他には気まぐれな食欲、サプリメントも大変。なので普通ならば、「いつも前倒しの印税だけではなく、仕事関係の、赤の他人にもお金を借りているのだからそんな猫は捨てろ」とか言われかねない。しかし未だに返せなくても当事者は誰も怒らないでいてくれる。そのお陰で猫も私も無事に生きている。彼（女）らをもう、拝むだけである。

この腎臓の最新薬はよく効いていると思う。一度末期すれすれの数値になった時など、血尿もあったけど、その後また元に戻っているのだから。

その他に、コロナ元年にこの猫はガンを切っている。メールで相談した元の猫シェルターも医師も、手術を勧めた。が、当時でも既に「十四歳または十六歳」である。つまり、「もし十六歳なら、リスク多い目……」、——何にしろ麻酔から覚めなくて死ぬ猫はいる。腎臓への負担が少ないように絶対にガス式の麻酔でやって貰うと決めた。ただ現在ではもう高齢過ぎて、「再発しても既に手術など無理だし、生活も好きなようにさせて」としか言われなくなっている。

ガンは低悪性の末梢神経鞘腫で猫には非常に珍しいものだった。どういうわけか家の猫は割りと珍しい病気になる事が多い。

だがそれでも慢性病だと、医者が「もう出来る事はない」と言ってからも案外良い状態で長生きする。普段の看病は割りとうまくいくし、医師に言わせると私は猫に何か食べさせることが上手なのだそうだ。ただ、——いくら頑張ってもおとなからの保護ばかりだし病気もあるし、二十歳になってくれる猫は今までいなかった。

私は一応、拾った猫のために三十年ローンで家を買った作家ではある。が、そんな熱心にやった割りに相手はさして長生きしてくれない。

自分は世間的な成功とか派手な生活は似合わないし興味がない。普通の温かい家庭が欲しいというのも最初から無理だった。つまり猫が最後の家族なのである。猫さえ生きていてくれればそこが天国である。なのに、家族たちはこの点、報いてくれなかった。

世間においてだって最近は長寿猫も増えているはずなのに。知人の猫も二十二、二十三というのが案外にいるのに。まあ私の周辺には猫名人が多いせいもあるが、やはりそれにしてもうちはと、悩む悩む。

いくら大事にしても自分は気がきかないしなんとなく駄目なんだ、仕方ないのだろうかと思う日もあるが、でもやっぱり、……。

一番長寿のが十八歳四ヵ月、次は十七歳九ヵ月、今までのパターンだと、病気にはちゃんと勝ったのにその幸福な日々の後いきなり異様な事態になって急死、というのが複数。まあどっちにしろ猫が死ねば私はまともではなくなる。さてこいつは今後どうやって私を泣かせにくるのだろうか。でもやはりどっちにしろその前にただもう二十歳になって欲しい。といいつつ、……。

私は子供の頃からの猫飼いではないが、それでも三十年猫を飼ってきた。しかし来るや否やこの方は病気、病気、実はこの他に耳血腫になりかけたり、アレルギーまたは別の自己免疫疾患で耳が垂れてきて、医者に「自己責任でやるのなら薬を出してやる」と言われて、検索しながら「独自の治療」をやってみたり、誰もがよくもって二、三年だと思っていた。しかし六年をこえた。そして飼い主に急死されていない猫でもそんなに簡単にはなる事の出来ない、二十歳目前である。

まあそれは良いとしていくら猫でもあんまりだろ、と思う事もあった。

なので飼いはじめてから、前の猫が懐かしいと思う事がついついあった。とはいえ彼ら盟友は一匹もはたちになっていない。が、ピジョンは今、はたちになってくれるかもしれないのだ。これは看病に特典が付いていたと思うしかない。そう思うと私の心臓はばくばくし始める。嬉しいというより、何か萌えのような感情。ご存じのように、……。

日本は今激動している、その激動に巻き込まれて、というか自分で飛び込んでいって、私は貧乏と不当糾弾に苦しみ、元々難病なので辛い事に取り囲まれている状態である。ただ運命的に引き受けた戦いなので平気ではいる。それでも時々、へばる。もう六十七歳だし、「ハードかもしれない？」でもこんな中だからこそ、……。

ああ、猫がはたちになる⁉　だけど、本当にはたちになるだろうか。私はついまた医師に聞くが、「もういつ死んでも（略）、好きなようにさせ（略）」と前と同じ事を（略）になっている。しかし、この医師は別に死ぬ死ぬ詐欺ではない。むしろその度に見事に助けてくれたのだし、ピジョンもよく頑張った。

思えばピジョンは猫が死ぬはずのポイントを平気で、いくつも越えて来た。

元の猫たちは体重が激減したり、死ぬ前にいきなり、縄張りを放棄した。なので私は縄張りについては、猫が死ぬかどうかのポイントと感じている。放棄したら最後。

二・七キロになると死んだドーラは痴呆と癲癇になっていても、死の直前まで家のなかとはいえ、領域を把握していつも一定の場所に行った。だけどある場所から、ふっと引き返したその翌日に、……。

三・七五キロで死んだギドウは、庭（猫フェンス）に縄張りを持っていて死ぬ前日に「あ、ここは、もう」という感じで入らなくなった。

あと、どちらも死ぬ直前に急におしっこ全量をトイレでないところにするという失敗をした。

しかしピジョンはそのどれもを既に越えている。まず縄張り。——他猫を警戒する意識だけは凄く強いけれど、土台もともと、方向とか左右の判ってない猫なのだから。そう、縄張り意識はある、しかしどこを見張っているかも自分では判らない（こういう独特さに私はなかなか合わせる事が出来ずそんな時つい、前猫が懐かしいと思ってしまうのだ）。

体重にしても、来たときから痩せていた。何を食べさせても工夫しても少しずつ減りつづけた。二・七キロになった時は「死ぬ体重」と心得て覚悟したのだった。が、今なんと二・五五キロである。その上小さいウンコをするとそこから二〇グラム減る、大きいウンコをすると三〇グラム減る。ひどい事に留守番をさせると一五グラム減る。増やすのは大変だ。キドナをやる。

これは練り餌にして与える。膝に前足をのせさせて左手で制した上、脇に顔を抱え込み、右手で食べさせる。以前は喜んでなめていたが今は毎日結構な量を続けさせているので手が傷だらけだ。しかしこれで生きていると私は信じている。

トイレだってそうだ。他の場所にまるごとやってしまうのはもう一昨年からで、ぶちまけた翌日でも元気である。電気毛布の中に全部大便をというのはさすがに一度だけだが、凶悪な香を炊きしめたようになってしまった。猫はやっとじゃまなのが出たので安心してすごく幸福そうに熟睡していた。その後は毛についた臭気を取るのに大量のバクテレスを全身にまぶして拭く、これを何度も繰り返した。お湯などでやっても埒があかない。そもそも普段から尿漏れはあるので、電気毛布は洗えるものにしている。それでも大半、私は一緒に寝ている。

今だってトイレはどんどん拡張されている。でもそれでも出るだけありがたいからまったく腹は立たない。なんでもいいから生きていてほしい、それだけである。

この前なんか二日便秘した後一晩中大便を垂れ流しながら走り回った。気張る力即生命力という感じで、この猫はずっと便秘を克服して来た。しかし最近では腹筋がさすがに衰えてきたらしい。

とはいえ今でも中年猫並の運動能力はある。そんな猫があちこちに一滴ずつ便を垂らしながら走り回る。でも本猫はそれで消耗するかというとさしてしないのだ。ただうんこが出ないので浮かない顔をし、「カッコ悪いわ」とか思っているようだった。

飼い主は徹夜でお腹の温めと肛門の刺激とマッサージをやる。細かく切った古タオルをお湯で濡らし、使い捨ての古タオルで尻を拭き続け抱っこして励ます。ご飯も食べないと消耗するから少しずつ食べさせる。

結果、夜明けにエックス型の巨大な便をしたがまだ垂れ流す。巨大結腸だとこれで死ぬ事があるから病院でレントゲンを撮り摘便して貰おうとしたところ、医者が、そんなに出ないという。その他にも、悪性腫瘍があった猫だから転移しているかどうか調べるのに触診もして貰った。しかしそれで帰ってくると消耗するどころか（例によって）、激怒してすごいいきおいでカリカリを食べはじめ、一方垂れ流しは止まっている。その後も失敗はするけれど肛門からは垂れていない。その後はなぜか口内炎まで改善されている。サプリとカリカリの種類を変えたせいか。

連れて行くタクシー代を含めて二万円、それで払おうと思っていた某会費を滞納にする。ワープロもそろそろ修理しないと液晶が完全に割れてしまうのに。

検査の結果腸はなんともないけど帰ってから体重を量ったら五五グラム減。これは「垂れながしではなく、完全に出したくてずっと自分の意思で健気に気張り続け、場所をいろいろ変えてトライしていたせい、その努力の結果」と判定する。

そう言えばブログで見ていた好きな長寿猫が二十一歳になった時、このポイント（＝便秘）で死んだよね？　とも思い出した。もしかしたらピジョンは毎日死線をこえている猫なのかもしれない。

ただまあ、どうせ結局最後には別れて泣くのである、だけどあと一ヵ月、来年で二十歳、とはいうものの、……。

猫の年齢がいい加減なものであるという事を私は判っている。保護猫の誕生日は正月か拾った日、年を越えれば年を取るというのだって生物学的に言えば正しいのかどうか、でもそれでももかく来年は二十歳、もとい十八歳または、――いえいえいえいえっ！

いいんだもう言い切ろう！　猫病院のカルテだと十八歳に過ぎないけど、だけど人に聞かれたら二十歳って言おうとついに決心。どきどき、わくわく、でも冷静になろうよと、なんとなく、警戒しなければ「これは妬まれる」と……。

はたち、うちの子ははたち、と私はふと歩きながら呟く、けど震える。だって、何にしろ、猫は裏切るから。或いは二十歳になった途端にすごく可哀相な死に方をするとか絶対に何かすると、あえて自分に言って聞かせる。まあそれが猫あるあるなんだから覚悟するしかないけど。

だって盟友だって二十歳にはならなかったのだからと。

ましてや社会性のない、いつもおとうさんとしかいないピジョンなんかすぐ死ぬからと（泣）、でも、ああ、独自にいいとこあるよと（泣）――例えば、直に話かけると返事しないのだがひとりごとには全部答えてくる。それはここへ来てからずっと変わらない。確かにその答えは完全に自分の都合だけであるけれど。でもまあ「ずっと一緒」それが今一番、飼い主的にはありがたい。だってもし前猫のように今私の心配をしてくれていたらもう、可哀相なだけで、……。

貰った当初、私はまだ生活に困っていなかった。二〇一五年頃はやがて貯金が一千万円になるし仕事もあるからと思って安心していた。が、今はコロナだけではない。自分で本気でグローバル化に抵抗したからこそ、却って次々とやられているのである。まあこうして現在、……。

金がない、猫がいる、金に困る、猫は困らない、この繰り返しをしながら二人で手をつないで、襲ってくる経団連、ジョージ・ソロス、自民党リベラルと全部の左系野党からひたすら逃げている、ずっと、ずっと、ふたり、いつまで？　いてくれる？
最近の私は自分をいましめるためにこう言ってみる。「ふん、きっと二十歳になる直前にこいつは死ぬ、だからともかくその前に考えるしかないね、つまり骨壺の享年には、年齢を、なんて書くんだよ」と。

（終わり）

追記
この校了直前今一月中旬、ピジョンは十八歳または二十歳になった。

後書き

全ての関係者に感謝あるのみです。

次の書き下ろしは大半仕上がっています。希少な角膜を持つ上に白内障の進行した貧乏な老婆が、人々に助けられ自分も工夫して視力を取り戻し、仲間とともに米帝と戦っていくという平凡な日常を描いております。

最近は保守と領土と身体について考えています。思い出すのは前文に帯を引用した江藤淳氏『保守とはなにか』の中の一行です（本は献本のお返しとしていただいたもの）。ていうか江藤氏の生前にこうお伝えしておけばよかったと今は……。

江藤淳は言った。保守とは感覚だと。しかし、今ここまで来て私が思うこと。保守とはおそらく、身体を領土と感じる本能である。弱肉強食の前に我が身やわが子を守る女性の切実な危機感である。ただの感覚というより身体に刻んだ痛みや苦しみの歴史である。

などと書いているとまさに大学で民青と対立していた七〇年代の自分に戻ったようです。当時からドイツイデオロギーを批判していました。しかし新世紀から二十年以上私は実際に共産党を信用し、支持してきたのにまさかこんな事になって、ここまで戻ってしまうとは思いもしませんでした。

結局、今の私は右でも左でもないただの反米です。政党にこだわらず、女性を助けてくれる議員を推しつつ、自分の使う言論の自由を守っていきます。

（終わり）

リンク集（見出し〈見出しの訳文〉、サイト名、掲載日、URL）

1．The shameful silence over Dana Rivers A transgender murderer of a lesbian couple has just been sent to a women-only jail.（ダナ・リバーズをめぐる恥ずべき沈黙　レズビアンのカップルを殺害したトランスジェンダーが、女性専用の刑務所に送られた "spiked", 二〇二三年六月二十五日）
https://www.spiked-online.com/2023/06/25/the-shameful-silence-over-dana-rivers/

2．「お父さん、お母さん、夫、妻は差別用語なので使用禁止」ＬＧＢＴに配慮した千葉市の方針が波紋を呼ぶ（"netgeek", 二〇一八年四月十日）
http://netgeek.biz/archives/116245

3．ジョージ・ソロス氏　1億ドル（約85億円）をヒューマン・ライツ・ウォッチに寄付（"Human Rights Watch", 二〇一〇年九月七日）

https://www.hrw.org/ja/news/2010/09/07/240530

4. How LGBT Nonprofits and Their Billionaire Patrons Are Reshaping the World（ＬＧＢＴ非営利団体とその億万長者のパトロンがどのように世界を再形成しているか "The American Conservative"，二〇二〇年七月二十七日）
https://www.theamericanconservative.com/how-lgbt-nonprofits-and-their-billionaire-patrons-are-reshaping-the-world/

5.「ＪＡＮＩＣグローバル共生ファンド」15団体に助成（選考結果）（国際協力ＮＧＯセンター ＪＡＮＩＣ、二〇一九年十二月二十七日）
https://www.janic.org/blog/2019/12/27/kyouseifund2020_result/

6.【新資料案内】「キリン福祉財団助成事業報告書 地域の政策提言事例及び資料集」の刊行について（ＬＧＢＴ法連合会、二〇二一年五月四日）
https://lgbtetc.jp/news/1924/

7. ノルウェー：アムネスティへ３０００万ドル以上の寄金（アムネスティ日本、二〇一二年十月二十二日）
https://www.amnesty.or.jp/news/2012/1031_3531.html

8. HOUSE OF COMMONS OF CANADA BILL C-16 An Act to amend the Canadian Human Rights Act and the Criminal Code（カナダ下院法案 C-16 カナダ人権法および刑法を改正する法律 "PARLIAMENT OF CANADA", 二〇一六年五月十七日）
https://www.parl.ca/DocumentViewer/en/42-1/bill/c-16/first-reading

9. Canada's Supreme Court Just Ruled Some Bestiality Is Legal（カナダの最高裁判所は一部の獣姦が合法であるとの判決を下した "BuzzFeed News", 二〇一六年六月九日）
https://www.buzzfeed.com/paulmcleod/canadas-supreme-court-just-ruled-some-bestiality-is-legal

10. Long-term testosterone use in natal females can cause vaginal atrophy, which makes sex painful.（生来の女性がテストステロンを長期間使用すると、膣の萎縮を引き起こし、セックスに痛みを伴うようになる "Stats For Gender"）
https://statsforgender.org/long-term-testosterone-use-in-natal-females-causes-vaginal-atrophy-which-

makes-sex-painful/

11. ナヴラチロワ氏、トランスジェンダー選手は「不正」発言を謝罪も議論継続（ＢＢＣニュース、二〇一九年三月四日）
https://www.bbc.com/japanese/47411978

12. 脱トランス者、クロエ・コール氏の証言（女性スペースを守る会、二〇二三年七月三十一日）
https://note.com/sws_jp/n/n5f96c9238b31

13. 「女性スペース守れ」有志デモに罵声　新宿（産経ニュース、二〇二三年十月二十一日）
https://www.sankei.com/article/20231021-CARNNUUVPROPZP764SXHTX4AVY/

14. テストで「妊娠できるのは女性だけ」にマルをつけた生徒が不合格に（女性自身、二〇二三年十二月十三日）
https://jisin.jp/international/international-news/2270983/

15. 〝性別変更には手術必要〟当事者など 最高裁に違憲判断求める（NHK、二〇二三年十月五日）
https://www3.nhk.or.jp/news/html/20231005/k10014216411000.html

16. Hormonbehandling vid könsdysfori - barn och unga En systematisk översikt och utvärdering av medicinska aspekter（小児および青年の性同一性障害におけるホルモン療法 医学的側面の系統的レビューと評価 "Statens beredning för medicinsk och social utvärdering" 二〇二二年二月二十二日）
https://www.sbu.se/342

17. ホルベックの男たちは女が何であるかを知っている（トランスジェンダリズム海外情報、二〇二〇年十月八日）
https://note.com/f_overseas_info/n/n7e35c87c7f32

18. グレアム・リネハンさん　英国議会上院での声明文（トランスジェンダリズム海外情報、二〇二一年六月七日）
https://note.com/f_overseas_info/n/nc8627fed5001

19. デンマークは国連に対し、「妊婦」は差別であるとして使用禁止勧告した（“What is transgender?”, 二〇一七年十月十一日）
https://what-is-trans.hacca.jp/476/

20. トランスジェンダー男性に届いた「女性がん検診」案内　もし同居人に見られていたら…〈ニュースあなた発〉（東京新聞、二〇二三年一月二十三日）
https://www.tokyo-np.co.jp/article/226827

21. 令和4年度第3回　埼玉県性の多様性に関する施策推進会議（埼玉県県民生活部人権・男女共同参画課、二〇二二年十一月二十四日）
https://www.pref.saitama.lg.jp/documents/225642/r4-3seinotayouseikaigi-gijiroku.pdf

22. マクドナルドがあの人気商品を使ってＬＧＢＴ＋コミュニティを支援（“FRONTROW”, 二〇一七年六月十四日）
https://front-row.jp/_ct/17087567

23. マイクロソフト、Pride にてインターセクショナリティに注目 ＬＧＢＴＱＩ＋非営利団体への寄付と、最大かつ最も包括的なオリジナル製品を発表（"Mircosoft News Center Japan", 二〇二一年六月九日）
https://news.microsoft.com/ja-jp/2021/06/09/210609-microsoft-celebrates-pride-by-centering-on-intersectionality-donating-to-lgbtqi-non-profits-and-releasing-the-largest-and-most-inclusive-product-lineup/

24. 日本マイクロソフト、「ビジネスによる ＬＧＢＴ 平等サポート宣言」に賛同（"Mircosoft News Center Japan", 二〇二一年八月三十日）
https://news.microsoft.com/ja-jp/2021/08/30/210830-information/

25. ２０２２年度助成団体一覧｜社会貢献活動｜ファイザー株式会社（"Pfizer Japan"）
https://www.pfizer.co.jp/pfizer/company/philanthropy/2022

26. 医療・介護の管理職が理解するＬＧＢＴＱとダイバーシティ　知識編（エピグノジャーナル、二〇二二年六月二十七日）
https://journal.epigno.jp/lgbtq-diversity-knowledge

27. 国内初、金融・資産運用会社による国際的ＬＧＢＴ支援団体「LGBT Great」に加盟（日興アセットマネジメント、二〇二二年七月十四日）
https://www.nikkoam.com/files/lists/release/2022/220714_01_j.pdf

28. 企業によるＬＧＢＴ支援の取り組み７選—日本と海外の企業事例も紹介（"SDGs CONNECT", 二〇二三年一月十一日）
https://sdgs-connect.com/archives/53599

29. ＬＧＢＴＱ理解促進　性の多様性を知りすべての人が働きやすい職場へ（三井住友銀行）
https://www.smbc.co.jp/aboutus/sustainability/employee/diversity/lgbt/

30. ＬＧＢＴＱ＋の取り組み指標「ＰＲＩＤＥ指標」において最高評価の「ゴールド」を5年連続受賞（サントリー）
https://www.suntory.co.jp/company/csr/highlight/202112_172.html

31. ＰＲＩＤＥ指標２０２３認定企業・団体一覧（"work with Pride"）

https://workwithpride.jp/wp/wp-content/uploads/2023/11/7479b301f83d59245dd11256addd1e0d.pdf

32. ＰＲＩＤＥ指標２０２３レポート（"work with Pride"）
https://workwithpride.jp/wp/wp-content/uploads/2023/11/report_prideindex2023.pdf

33. 内閣府が「理解増進法Ｑ＆Ａ」を出しました。2023.12.19（女性スペースを守る会、二〇二四年一月十一日）
https://note.com/sws_jp/n/nf526a1fc374e

34. ニューヨークタイムズからＪ・Ｋ・ローリング擁護記事が出ました（日本語訳を掲載）（女性スペースを守る会、二〇二三年二十二日）
https://note.com/sws_jp/n/n6c66ebe6aa8f

初出一覧

S倉、思考の場所／架空の土地　「風媒花　佐倉市文化芸術アーカイブ」第36号　佐倉市教育委員会　二〇二三年
会いに来てくれた「季刊文科」94号　令和五年冬季号　二〇二三年
知らなかった　川上亜紀『チャイナ・カシミア』七月堂　二〇一九年
これ？二〇一九年の蒼生の解説です「蒼生２０１９」　早稲田大学文学学術院文化構想学部文芸・ジャーナリズム論系　二〇一九年
反逆する永遠の権現魂——金毘羅文学論序説「早稲田文学」二〇〇五年一月号のち『徹底抗戦！文士の森——実録純文学闘争十四年史』所収　河出書房新社　二〇〇五年
続報『女肉男食　ジェンダーの怖い話』　書き下ろし
十八歳または二十歳になる猫　書き下ろし

〈著者紹介〉

笙野頼子（しょうの　よりこ）

1956年三重県生まれ。立命館大学法学部卒業。

81年「極楽」で群像新人文学賞受賞。91年『なにもしてない』で野間文芸新人賞、94年『二百回忌』で三島由紀夫賞、同年「タイムスリップ・コンビナート」で芥川龍之介賞、2001年『幽界森娘異聞』で泉鏡花文学賞、04年『水晶内制度』でセンス・オブ・ジェンダー大賞、05年『金毘羅』で伊藤整文学賞、14年『未闘病記—膠原病、「混合性結合組織病」の』で野間文芸賞をそれぞれ受賞。

著書に『ひょうすべの国—植民人喰い条約』『さあ、文学で戦争を止めよう 猫キッチン荒神』『ウラミズモ奴隷選挙』『会いに行って 静流藤娘紀行』『猫沼』『笙野頼子発禁小説集』『女肉男食 ジェンダーの怖い話』など多数。11年から16年まで立教大学大学院特任教授。

解禁随筆集

2024年2月9日初版第1刷発行

著　者　笙野頼子

発行者　百瀬精一

発行所　鳥影社 (choeisha.com)

〒160-0023 東京都新宿区西新宿3-5-12トーカン新宿7F

電話 03-5948-6470, FAX 0120-586-771

〒392-0012 長野県諏訪市四賀229-1（本社・編集室）

電話 0266-53-2903, FAX 0266-58-6771

印刷・製本　モリモト印刷

ISBN978-4-86782-055-1　C0095